»Ludwig Ganghofer ist ein ganz nichtsnutziger, überaus träger und leichtsinniger Schüler«, schrieb ihm ein Lehrer aus Neuburg an der Donau ins Zeugnis. Ganghofer aber hat ihn eines Besseren belehrt: Mit 25 Jahren promovierte er, und im gleichen Jahr wurde »Der Herrgottschnitzer« im Münchner Gärtnerplatztheater uraufgeführt. Insgesamt schrieb er 70 Romane, Schauspiele und Novellen.
Bedeutende Zeitgenossen gingen bei ihm ein und aus, und zu seinen Freunden zählten Ludwig Thoma, Peter Rosegger, Johann Strauß, Hugo von Hofmannsthal und Rainer Maria Rilke. Bei seinem Tod – er starb 1920 im Alter von 66 Jahren – ließ sich nicht ahnen, daß auch spätere Generationen seine Werke mit Begeisterung lesen würden: nicht zuletzt wegen der interessanten kulturhistorischen Aspekte, unter denen er seine Zeit, das 19. Jahrhundert, sieht und weil er als ein ausgezeichneter Erzähler auch heute noch fesselt.

Von Ludwig Ganghofer sind außerdem
als Knaur-Taschenbücher erschienen:

»Waldrausch« (Band 479)
»Das Gotteslehen« (Band 499)
»Der Klosterjäger« (Band 536)
»Adlerjagd« (Band 1071)
»Der Biberfranzl« (Band 1073)

Originalausgabe

Umschlaggestaltung und -zeichnung Wolfgang Schaub
Satz Appl, Wemding
Druck und Bindung Hanseatische Druckanstalt GmbH, Hamburg
Printed in Germany · 1 · 9 · 1183
ISBN 3-426-01072-0

1. Auflage

Ludwig Ganghofer: Bergfeuer

Erzählungen von Liebe und Eifersucht

Neu illustriert von Wolfgang Schaub

Knaur®

ISBN 3-426-01072-0 680

Inhalt

Die verliebten Brüder

Starke, tiefwirkende Eindrücke, die durch Jahre hindurch in unserem Gedächtnis hafteten mit festen Angeln, verschwinden uns plötzlich aus der Erinnerung, um nach langer Zeit ohne sichtliche oder fühlbare Ursache in verschärfter Klarheit wieder zu erwachen.

Das gleicht einem Phänomen, das wir in den Bergen an einem trüben, regnerischen Tage gewahren können. Der Morgen war schön. Ohne Übergang ist der Himmel plötzlich mit Wolken bezogen. Die grauen Schleier senken sich und verhüllen alle Höhen. Ein dünner Regen rieselt Stunde um Stunde, Dunst und Nebel füllen die Täler, und in dem trüben Bilde scheinen alle Linien verschwommen, alle Farben verwaschen. Erst mit Anbruch der Dämmerung versiegen die fallenden Tropfen. Aufatmend treten wir ins Freie. Ein würziger Dunst entsteigt der feuchten Erde, ein frischer Lufthauch fächelt um unsere Stirn. Das Auge sucht den verschlossenen Himmel. Und da vollzieht sich ein Wunder. Es spaltet sich, wie von mächtiger Geisterhand entzweigerissen, das drängende Gewölk. Offen liegt vor unserem Blick die Höhe eines Berges, übergossen vom leuchtenden Glanz der schon unsichtbar gewordenen Sonne. Das ist eine Helle, so rein, so scharf und klar, wie sie uns kein Tag noch zeigte. Lange Stunden hättest du zu steigen bis dort hinauf. Dennoch erscheint dir alles so nahe, wie mit Händen zu greifen. Kraftvoll leuchten alle Farben. Jeder Baum, jeder Fels, jede Almhütte scheint mit feinen, silberglänzenden Strichen umrissen. Und im Grün der Matten glaubst du jedes einzelne Blättchen, jeden Grashalm scharf zu unterscheiden. Über alles ist ein unbeschreiblicher Himmel gespannt, von rätselhaftem Schein übersponnen, von stahlblauem Schimmer in seiner Tiefe. Und weit – dir schwindelt fast vor dem Gefühl dieser Ferne – taucht mit zitterndem Gefunkel der erste Stern hervor aus der Unendlichkeit.

In solcher Klarheit und Helle taucht, nach langem Schlummer, ein vergessenes Bild hervor aus meiner Erinnerung.

Ich sehe einen engen, unfreundlichen, dumpfen Saal. Durch die trüben Scheiben der hohen Fenster quillt das matte Licht eines grauen Wintertages. Eine hölzerne Schranke teilt den Raum in zwei Hälften; in der einen sitzen auf langen Holzbänken die Zuschauer mit unruhigem Gewisper, in der anderen stehen die Geschworenen in leise plaudernden Gruppen umher. Überall Bewegung. Nur ein einziger sitzt regungslos, wie aus Stein gemeißelt. Der Angeklagte Anton Mitterauer. Ein junger Bursch von fünfundzwanzig Jahren, in ländlicher Tracht. Aus der gebrochenen Gestalt errät kein Auge mehr den schmucken, sehnig gewachsenen Burschen von einst, strotzend von Kraft und Lebensfrische. Er hält die Hände im Schoß verschlungen, mit stiller Ergebung. In glatten Strähnen hängt das lichtbraune Haar über Stirn und Schläfen des geneigten Kopfes. Das Gesicht ist erdfahl, zerstört von Schmerz; aber nicht abstoßend wirkt dieses Gesicht, es weckt Erbarmen; um die farblosen Lippen spielt ein ruhiges Lächeln, und die feuchten, tiefblauen Augen leuchten wie der Blick eines Träumers. Was mag er träumen und sinnen? Es kann nicht Freiheit und Erlösung sein, wovon er träumt. Dieses Lächeln begann auf seinen Lippen, dieses sehnsüchtige Träumen erwachte in seinen Augen, als die Geschworenen ihren Spruch verkündeten: Schuldig des Mordes.

Nun öffnet sich eine Tür. Die Richter treten ein. Tiefe Stille im Saal. Langsam hebt sich der Angeklagte von der Bank. Eine fliegende Röte huscht über sein bleiches Gesicht, und seine Augen glänzen, als hätte er eine frohe Botschaft zu vernehmen. Der vorsitzende Richter verliest das Urteil. Es lautet auf mehrjährige Kerkerstrafe. Da bricht von den Lippen des Angeklagten ein rauher Schrei. Einige Sekunden steht er, zitternd am ganzen Leib. Dann stürzt er dem Richtertisch entgegen, wirft sich wie ein Betender auf die Knie, streckt die Arme und bettelt: »Leben soll i? Leben? I? Und leben? Jesus, ihr guten Leut, dös hab i net verdeant! So ebbes Harts! I bring 's Lebendibleiben net firti! Laßts mi sterben! Um Christi Leiden und Bluat, i tu enk bitten, vergunnts mer dös Oanzige und laßts mi sterben!«

Einen Augenblick war atemloses Schweigen. Dann

ein Aufruhr im ganzen Saal. Zwei Gerichtsdiener faßten den Angeklagten bei den Armen und rissen ihn empor, um ihn fortzuführen. Sie hatten mit ihm die Türe noch nicht erreicht, da brach er ohnmächtig zusammen.

Außerhalb des Dorfes, einsam am Rande des dunklen, rauschenden Fichtenwaldes, stand das kleine Haus der beiden Brüder. Sie waren noch Knaben, als sie den Vater verloren, den bei der Holzarbeit eine stürzende Tanne erschlug. Von dieser Zeit an kränkelte auch die Mutter. In aller Not und Mühsal fand sie einen stützenden Trost in der Liebe ihrer Buben, die, der Schule noch kaum entwachsen, mit junger Kraft und mit rastlosem Fleiß der Mutter das Nötigste zum Leben erkämpfen halfen.

Wieder, nach hartem Winter, ging es dem Frühjahr zu. Da wurde es mit der Kranken schlimmer von Tag zu Tag. Es war ein lauer Frühlingsabend, an dem sie für immer die Augen schloß. Draußen im Garten zwitscherten die Stare und schlugen die Drosseln. In der stillen Kammer, mit verschlungenen Händen, saßen die verwaisten Brüder auf dem Totenbett der Mutter.

Zwei Tage später, als sie vom Friedhof heimkehrten in ihr Haus und die Stube betraten, in der man noch den Wachsgeruch und den Weihrauch spürte, faßte Jörg die Hände des Jüngeren und sagte: »Gelt, Toni? Dös soll umsonst net 's letzte Wörtl von der Mutter gwesen sein: Tuts zammhalten.«

»Ja, Jörgl! Fest!«

Sie saßen auf der Bank, bis Toni sagte: »Aufputzen müssen mer!« Sie öffneten die Fenster, holten das Wasserschaff und fegten Kammer und Stube. Auch das hatte die Mutter noch so haben wollen: »Tut's mer allweil schö' sauberhalten, gelt! Daß i mi net schenieren muß, da drüben!«

Als die Arbeit getan war – Jörgl sagte: »Unser Mutter, moan i, taat zfrieden sein!« –, rückten sie hinter den Tisch und hörten nicht, wie draußen der Abendwind durch die Tannen rauschte. Ohne daß sie es merkten, fiel der Schlaf auf ihre heißen, schmerzmüden Augen. Jörg lehnte im Herrgottswinkel, Tonis Kopf lag an der Brust des Bruders. So schliefen sie bis zum Morgen.

Gegen Mittag kam der Pfarrer. Er wollte für die verwaisten Buben sorgen, wollte den Jörg beim Schlosser, den Toni beim Schreiner als Lehrling unterbringen. Hartnäckig widersetzten sich die Brüder diesem Ansinnen. Um alles in der Welt hätte sich einer vom anderen nicht getrennt. Jörg war fünfzehn, Toni erst vierzehn Jahre alt. Aber sie hatten gesunde Arme, waren an Fleiß und Arbeit gewöhnt. Da meinten sie, ihr Auskommen in der Welt auch allein zu finden. Ein freundlicher Zufall wollte, daß ein Bauer, der eine große Herde zur Alm schickte, zwei Hüterbuben suchte. In Jörg und Toni fand er, was er brauchte. Nun kam für die Brüder ein schöner, tröstender Sommer, hoch droben im Bergrevier. Vom Rand der ewigen Schneefelder rauschten die Gießbäche zur Tiefe, unter steilen Wänden knatterten durch Tag und Nacht die fallenden Steine, auf überhängenden Felsen hob das Edelweiß seine Sterne aus dem Wildgras, die Almglocken läuteten, und die Jodler klangen von Hütte zu Hütte.

Als die Heimfahrt und der Winter kam, schlossen die zwei Buben ihr versperrtes Haus wieder auf, suchten durch Korbflechten und Schindelschneiden ein paar Kreuzer zu verdienen und zehrten, soweit der neue Verdienst nicht reichte, von den Ersparnissen des Sommers.

In gleicher Weise verging ein zweites und drittes Jahr. Dann glaubten sie sich alt und stark genug, um in der Laufbahn des Dorflebens einen Ruck nach aufwärts zu machen. Sie wurden Holzknechte. Woche um Woche, vom Montagmorgen bis zum Samstagabend hausten sie im Wald bei ihrem schweren Handwerk. Nach der arbeitsvollen Woche kam die heitere Sonntagsruhe drunten in ihrem Haus. Am Morgen gingen sie zur Kirche, nach dem Hochamt wieder heim, zu ihrem Sonntagsbraten. Am Abend schlenderten sie wieder ins Dorf, um einen frischen Trunk zu suchen, und wenn sie nach ein paar lustigen Stunden heimwanderten, sangen sie ihre zweistimmigen Lieder in die Nacht hinaus.

Nie hörte man von einem Streit zwischen ihnen. Keiner machte einen Schritt ohne den andern, keiner tat, was dem anderen nicht gefiel. So hielten sie fest zusammen, wie sie es der Mutter versprochen hatten. Bei allen Leuten im Dorfe waren sie gut gelitten, und es war im freundlichsten Sinn gemeint, wenn man sie nicht anders nannte als die ›verliebten Brüder‹.

Während der lustigen Wirtshausstunden gab es auch

kleine Neckereien. Lachend stritt man darüber, wie es werden möchte, wenn einer der Brüder einmal sein Herz an ein rundes Mädel verlöre? Ob da der andere wohl eifersüchtig würde? Ob er sein ›Heimatl‹ verlassen und Platz machen müßte für das junge Paar? Oder ob er trotz der Schwägerin mit dem Bruder in Eintracht weiter hausen würde unter dem gleichen Dach? Einmal geschah es auch, daß einer sagte: ›Gebts Obacht, dö heireten amal oane mitanand, daß koaner vom andern net lassen muß! Da weard nacher 's Busselgeben eintoalt auf die graden und ungraden Täg.«

Die Brüder lachten. Sie konnten lachen. Noch war keine Gefahr in Sicht, die störend hätte eingreifen können in ihr Zusammenhalten.

So vergingen zwei weitere Jahre. Jörg war in die Zwanzig hineingewachsen, und es kam die Zeit, an die sie schon lang mit Sorge dachten – die Zeit der Trennung. Jörg mußte Soldat werden. Es war für die beiden ein trauriger Morgen, an dem der Toni den Bruder zur Bahn begleitete. Ihre Hände wollten kaum auseinander. Als der Zug davondampfte, stand der Toni wie ein Bildstöckl und sah ihm nach, bis ferne das letzte Dampfwölkchen der Lokomotive in Luft zerflossen war.

Die nächsten Monate ging Toni umher wie ein Verlorener, verdrießlich und verschlossen. Die Arbeit der Woche machte ihm keine Freude, der Sonntag brachte ihm keine Ruhe. Die unerträgliche Einsamkeit bedrückte ihm das Herz. Es trieb ihn öfters ins Dorf, und so geschah es nun eines Sonntags, daß er zum erstenmal ein junges Mädel sah, das, aus einem anderen Dorf gebürtig, beim Almbauer in Dienst getreten war. Der erste Blick in diese braunen, munteren Augen – und Toni wußte, wie es stand um ihn. Das Lenei! Oder keine! Um so heißer wurzelte sich die Liebe fest in ihm, je mehr sein Herz in diesen Wochen sich vereinsamt fühlte. Und wie hätte er nicht hoffen sollen, da er liebte? Bei dieser stillen Rechnung unterbrach ihn der Tag, der auch ihn zum Regiment berief. Die ganze letzte, lange Nacht verbrachte er vor Leneis kleinem Fenster und fand den Mut nicht, an die dunkle Scheibe zu pochen. Als der Morgen zu grauen begann, wanderte er davon mit doppelt schwerem Herzen – war ihm doch auch der Trost versagt, mit dem Bruder in der gleichen Stadt zu dienen.

Zwei schwere Jahre folgten für ihn, geteilte Sehnsucht im Herzen. Wohl schrieben sich die Brüder zuweilen, doch in ihren schweren, schwieligen Fäusten war die Feder ein ungefüges Ding, das nicht fassen wollte, was sie dem weißen Blättl gerne anvertraut hätten. So kamen ihre Briefe nicht über ein halbes Dutzend kindlicher Sätze hinaus: »Mir gets gutt, wie gets den dir, hohfentlich auch gutt und bist auch rund und das ich dich bald widder siech und gries dich dausendmahl, dein lüber Brudder.«

Je härter es dem Toni mit dem Schreiben ging, desto leichter ging es ihm mit dem Denken. Er tat seinen Dienst wie ein Körper ohne Seele. Die war bei seinem Bruder Jörg und daheim bei der Lenei. Und je länger die Trennung währte, desto tiefere Wurzeln schlug dieses träumende Gefühl in seinem Herzen. Der Gedanke, was der Bruder dazu sagen würde, brachte ihm bange Stunden. Aber der Jörg, der ihn so lieb hatte, würde dem Glück des Bruders sicher nicht im Wege stehen! Und als gegen Ablauf des zweiten Jahres ein Brief von Jörg kam, in dem er dem Bruder seine Rückkehr in die Heimat meldete, gab es für den Toni Strafen über Strafen, weil er sein Köpfl gar nicht mehr bei der Sache hatte und allzu häufig das »Linksum!« mit dem »Kehrt!« verwechselte. In einem der Briefe, die Jörg aus der Heimat schrieb, stand ein Satz, der dem Toni das Blut zum Sieden brachte: »Weißt schon, daß beim Almpauer ein neuche Dirn eintingt is und Lenei heißt, ißt ein sauberes brafs Madl.«

In der Antwort auf diesen Brief brachte es Toni über diesen Gegenstand nur zu den Worten: »Die Lenei kenn ich schon und Duh mirs recht freindlich grißen und wies ihr get?« Und in dem Briefe des Bruders hieß es dann wieder: »Der Lenei gets gutt und sie last dich schön griessen.«

Was brauchte Toni der Worte mehr! Er war voll Seligkeit darüber, daß die Geliebte vor dem Auge des Bruders gut bestanden. So begrüßte er mit doppelter Freude den Tag, der auch ihn erlöste und der Heimat wiedergab. In schmunzelnden Träumen verbrachte er die Stunden der Bahnfahrt. Spät am Abend war es, als er den Zug verließ und durch die sinkende Dämmerung heimwanderte zu seinem Dorf. Sehnsucht und gläubige Bilder kürzten ihm den stundenlangen Weg. Aus dem finsteren Walde scholl der Wimmerschrei eines Käuzls, neben der Straße gurgelte ein hurtig fließender Bach, und zwischen ziehenden Wolken glänzte der Mond herunter auf den weißbestaubten Pfad.

Gegen zwei Uhr morgens erreichte Toni das heimatliche Dorf, das er auf dem Wege zu seinem Haus durchschreiten mußte. Alle Fenster waren dunkel, alles schlief. Nur die Hunde schlugen an, wenn er vorüberging. Jetzt zweigte von der Straße ein schmaler Weg sich ab, der hinaufführte zum Gehöft des Almbauern. Ein mächtiges Dach lugte aus finsteren Bäumen. Toni zögerte. Gradaus führte der Weg, den er zu gehen hatte – aber gewaltsam zog es ihn fort von seiner Straße. Hurtig schwang er sich über einen Zaun, und lautlos, mit pochendem Herzen, schlich er den Garten entlang, in dem das ausgebreitete Heu einen süßen Duft in die Nachtstille hauchte.

Es war finster, eine schwere Wolke hatte sich über den Mond gelegt. Aber auch mit blinden Augen hätte Toni den Weg gefunden, den er gegangen war in jener letzten Nacht. Dort stand das Haus. Noch einen Schritt um die Ecke. Dann mußte er das kleine Fenster sehen. Nun tat er den Schritt. Und da jagte über seinen Nakken ein kalter Schauer, und aus dem Herzen schoß ihm etwas Heißes in den Kopf. Wie glühende Flut. Dort drüben, am offenen Fenster, in zärtlichem Gewisper, stand ein langer Bursch. Zwei nackte Arme lagen um seinen Hals geschlungen.

Und da jagte über seinen Nacken ein kalter Schauer, und aus dem Herzen schoß ihm etwas Heißes in den Kopf.

Toni wankte. Um einen Halt zu suchen, griff er nach dem Zaun. Unter dem Druck seines taumelnden Körpers löste sich knirschend der lockere Pfahl und blieb ihm in der zuckenden Hand. Die beiden am Fenster hörten was. »Jesus!« zischelte die Stimme des Mädels. »Geh, Bua, geh weiter!« Ein Kuß, das sachte Klirren eines Fensters. Nun kam der andere in langen Sprüngen gegen den Zaun herüber.

Vor Tonis Augen war's wie Feuer und Nacht, wie ein siedender Wirbel in seinem Kopf. Und da kam der andere an ihm vorübergehuscht, der Dieb seiner Liebe, der Räuber seines Glückes. Dem Toni zuckte der Arm in die Höhe. Mit dumpfem Schlag fiel der Pfahl auf den Scheitel des anderen. Der stürzte lautlos zu Boden. Kein Seufzer, kein Stöhnen. Rücklings lag er auf der Erde, mit den schlaffen Armen im Heu. Toni stand wie versteinert. Dann faßte ihn das Grauen vor seiner willenlosen Tat. Aus seinen zitternden Fingern fiel der Pfahl zur Erde, die ziehenden Wolken gaben das Mondlicht frei. Mit weißem, blutüberronnenem Gesichte lag sein Bruder Jörg vor ihm.

Ein gellender Schrei. Und bewußtlos fiel der Toni über den Toten hin. So fand man die beiden. Den Toni lieferten sie ins Gericht; den Jörg begruben sie. Und ein junges Mädel wurde verrückt.

So ist es gekommen. Was an Jammer, an Verzweiflung und gedankenloser Stumpfheit zwischen dieser Nacht und jenem Tage lag, an dem ich Anton Mitterauer vor seinen Richtern sah – wer will es nachfühlen, wer will es schildern?

Mir ist aus dem Verhör des Angeklagten ein Wort in Erinnerung geblieben.

Der Richter, ein bißchen empört und ein bißchen hilflos, sagte: »Um Gottes willen! Man schlägt doch nicht gleich mit dem Prügel zu! Man sieht doch zuerst einem Menschen ins Gesicht!«

Der Toni schien das nicht zu verstehen. Erst nach einer Weile antwortete er: »Soso?« Er nickte vor sich hin und fuhr sich langsam mit der schweren Hand über den Scheitel. »Ja, is scho wahr! Jetzt hab i ebbes glearnt.« Was Wirres und Irres kam in seinen Blick. Zum Richter aufschauend, keuchte er: »I bin net dabeigwesen, i hab's net toan.«

Der Richter wurde unwillig. »Reden Sie doch jetzt, nach Ihrem unumwundenen Geständnis, nicht so ungereimtes Zeug! Wer, außer Ihnen, soll es denn getan haben?«

Die Augen des Anton Mitterauer wurden groß und waren wie die Augen eines sterbenden Tieres. So sagte er leise: »D' Nacht, moan i halt. Dö hat's toan!«

Er tat einen tiefen Atemzug. »Bal d' Sunn scheint, san d' Leut allwei, wie s' sein müssen.« Seine Hand griff ins Leere.

In dem schweren Schweigen, das nach diesen Worten den Saal erfüllte, sagte der Vorsitzende zum Gerichtsdiener: »Geben Sie dem Mann einen Sessel!«

Der späte Gast

Die hohe Moderateurlampe, deren Glocke von blauer Seide überhangen war, strahlte eine sanfte Helle über die altväterischen Möbel des kleinen, behaglich durchwärmten Gemaches. Matt funkelten an den Wänden die schon blind gewordenen Goldrahmen der Familienbilder, deren Gesichter in verschwommener Blässe aus der dunklen Leinwand hervorleuchteten. Auf einem alten, von gewundenen Säulen getragenen Spind tickte der flinke Pendel einer marmornen Stutzuhr; neben dem Ofen, auf einem verschossenen Sammetpolster, schnurrte ein Angorakater; und leise gedämpft, wie aus weiter Ferne, klang der Lärm der tiefen Straße herauf an die Fenster.

An dem runden Tisch, der inmitten des Zimmers stand und von einem roten Tuch mit weißer Filetspitze bedeckt war, saß im altmodischen Lehnstuhl eine bejahrte Frau. Faltig umhüllte ein schwarzes Kleid den müden, welken Leib, und die mageren Hände, welche mit einer Häkelei beschäftigt waren, zitterten bei der Arbeit; doch über den furchigen Wangen des schmalen, freundlichen Gesichtes lag, wie eine Herbstblüte der

Gesundheit, eine feine Röte, und unter der weißen, von grauen Löcklein umringelten Stirne leuchteten zwei klare, helle Augen. Aufmerksam hingen die Blicke dieser Augen an der rührsamen Spitze der Häkelnadel – und dennoch schienen sie noch anderes zu sehen; sie hatten einen so seltsam verträumten Ausdruck, diese Augen, und um die schmalen Lippen spielte ein leises Lächeln. Manchmal ließ die Greisin ihre Hände in den Schoß sinken und lehnte den grauen Kopf zurück; dann fielen ihre Blicke auf ein Bild an der Wand; sie schien in Gedanken mit dem Bilde zu sprechen, sie nickte ihm zu und lächelte – bis sie seufzend wieder die Hände hob und zu häkeln begann …

Draußen wurde die Klingel gezogen; eilende Schritte, das Klappern der Flurtür und Stimmen auf der Treppe ließen sich hören. Jetzt wurde die Zimmertür aufgerissen, und eine Magd, die flackernde Kerze in der erhobenen Hand, rief herein: »Sie kommen schon, sie kommen!«, dann verschwand sie wieder.

Die alte Frau erhob sich, nahm den Seidenschirm von der Lampe und wollte zur Tür gehen. Aber da kam ihr schon eine weiße Tüllwolke entgegengeflattert, aus deren zarten Falbeln und duftigen Falten ein junger, hübscher Mädchenkopf mit rosigen Schultern und runden Armen hervorlugte. Eine stürmische Umarmung, ein ungestümer Kuß – dann drehte sich das weiße Wölklein im Kreis, und ein lachendes Stimmchen fragte: »Gefall' ich dir, Großmama? Bin ich hübsch? Seh' ich gut aus?«

»Ja, Malchen, wie zum Anbeißen! Du wirst ja heute

förmliche Verwüstungen anrichten unter den jungen Männerherzen. Aber sag ...« die Augen der Großmutter blickten suchend zur Tür, »wo bleibt denn die Hanni?«

Die Eltern des Mädchens traten in die Stube; der Vater mit einem schon etwas engbrüstig gewordenen Frack bekleidet, die Mutter in einer aufgefrischten Seidenrobe.

»Die Hanni? Die muß heute das Haus hüten«, sagte der Vater, als die Großmutter ihre Frage wiederholte. »Zwei neue Ballkleider auf einmal, das wär' ein wenig zuviel gewesen für meinen schwindsüchtigen Geldsack.«

»Ach, das arme Mädl!« jammerte die alte Frau.

»Ja, das hat Tränen gekostet«, seufzte die Mutter.

»Aber das nächste Mal geht die Hanni, und Malchen bleibt daheim!«

Malchen stand vor dem Spiegel und verzog bei dieser Prophezeiung schmollend das rosige Mäulchen.

Der Vater drängte zum Aufbruch; der Zweck des Besuches – daß die Großmutter ihr Enkelkind im duftigen Ballstaat sehen möchte – war ja erfüllt. Die alte Frau begleitete ihre Gäste bis auf die Treppe, dann kehrte sie in die Stube zurück, deckte den Schirm über die Lampe und nahm die unterbrochene Arbeit wieder auf. Aber häufiger als zuvor ließ sie jetzt die Nadel ruhen, murmelte vor sich hin und schüttelte den Kopf, daß die grauen Löcklein um die Stirne baumelten. Einmal erhob sie sich, trat zum Fenster, wischte den Taubehauch von der Scheibe und blickte hinaus in die von grauem Schneegestöber erfüllte Nacht. Dann wieder saß sie im Lehnstuhl; aber mit der Ruhe, mit der stillen Freude an der Arbeit war es vorbei. Nun lächelte sie und nickte, als wäre ihr ein guter Gedanke gekommen. Hastig wickelte sie die Häkelei zusammen, erhob sich und griff nach der Klingel …

Haushüten! Das ist ein stilles, trauriges Geschäft für ein junges Mädchen. Da sitzt es in der einsamen Stube bei der Lampe, den Stickrahmen in den zitternden Händen. Wie langsam die Arbeit geht! Die Nadel will nicht stechen. Die Wolle knotet sich und will nicht gleiten. Und die Zeichnung der Vorlage verschwimmt vor den nassen Augen …

Schon wieder ein Fehler! Seufzend schüttelt die Einsame das Köpfchen, als möchte sie die störenden Gedanken gewaltsam verscheuchen. Hastig trocknet sie die Augen und beginnt die fehlerhaften Stiche wieder zu lösen. Die Wolle dröselt sich auf und reißt … unwillig stößt die Einsame den Stickrahmen beiseite, wirft sich mit beiden Armen über den Tisch, vergräbt das Gesicht und schluchzt, daß der junge, schlanke Körper zuckt und zittert, wie ein Bäumchen, an dessen Stamm die Axt geschlagen.

Lange währt es – endlich versiegen ihre Tränen. Sie richtet sich nicht auf; nur ein wenig hebt sie das nasse Gesichtchen und läßt die glühende Wange wieder auf die verschlungenen Arme sinken. Träumend blicken ihre schwimmenden Augen ins Leere … ihre sehnsüchtigen Gedanken werden zu Bildern, sie sieht den strahlenden Ballsall im schimmernden Kerzenglanz, sie hört die Geigen jubeln und die Flöten singen … welch ein Wirbel von Klängen und Farben, von lachenden Stimmen und fröhlichen Gesichtern! Und unter all diesen Gesichtern eines … eines! Das sieht sie immer wieder! Aber es blickt so gar nicht heiter … das einzig traurige unter all den anderen, fröhlichen Gesichtern! Und wie ungeduldig die Zähne an der Lippe nagen und die zitternden Finger an dem schüchternen Bärtchen zerren! Und immer hängen seine Augen an der offenen Saaltür … diese guten, freundlichen Augen!

Die Einsame atmet tief, und nun lächelt sie sogar. Sie sieht nichts anderes mehr, nur immer diese guten, treuen Augen. Und sie hört auch nichts … hört nicht, daß draußen an die Flurtür geklopft wird, daß jemand die Wohnung betritt, daß die Zimmertür sich öffnet …

»Hannchen!«

Sie lächelt und rührt sich nicht.

»Aber Hannchen!«

Da springt sie auf und macht erstaunte Augen. »Großmutterl!« Und fliegt der alten Frau an den Hals. »Aber Großmutterl! Ja wie kommst denn du noch zu uns? So spät in der Nacht!«

»Zu dir komm' ich, du arme Maus, und will dir Gesellschaft leisten!«

In Hannchens Augen schießen die Tränen; und dennoch lacht sie.

»Schau her«, sagt die Großmutter und legt ein Päckchen auf den Tisch, »was ich mitgebracht hab'.« Vorsichtig kramt sie aus: feine Bäckereien, frischen Aufschnitt – und eine Flasche Punschessenz! »Komm nur, jetzt machen wir's uns gemütlich, und dann plauschen wir und kneipen uns ein kleines Räuschlein an ... jawohl! Die sollen Augen machen, wenn sie heimkommen! Ich bin nur neugierig, wer dann den größeren Schwips hat und lustiger ist ... die anderen ... oder wir!«

Ein Viertelstündlein – und die Punschbowle dampfte auf dem gedeckten Tisch. Die alte Frau und das junge Mädchen saßen Seite an Seite, ließen die Gläser klingen und plauderten. Wie lustig die Großmutter wurde! Eine Schnurre um die andere erzählte sie, daß Hannchen fast nimmer aus dem Lachen kam.

»Gelt, Maus? Daheim ist's auch schön! Oder meinst du, daß sich die auf dem Ball besser unterhalten als wir?«

Hannchen schüttelte den Kopf; aber ihr Lachen verstummte, und ein Schatten flog über ihr hübsches Gesichtchen. Die Großmutter merkte es nicht; sie hatte die Hände im Schoß gefaltet und blickte lächelnd vor sich hin, wie versunken in träumende Gedanken. Ganz stille war's in der Stube; nur manchmal knisterte das Feuer im Ofen.

Da seufzte Hannchen, und die Großmutter blickte auf, als wäre sie plötzlich erwacht. Zärtlich strich sie die Hand über den Scheitel des Mädchens. »Schau, Maus, wer weiß, wozu es gut ist, daß du heute hast daheim bleiben müssen. Komm ... ich erzähl' dir was!« Sie zog das Mädchen an sich und schwieg eine Weile, immer lächelnd. »Jetzt bin ich freilich alt und grau, aber ich war auch einmal jung wie du, und auch nicht häßlich ... jawohl! Und damals ... denk dir, in drei Wochen wird es zweiundfünfzig Jahr' ... damals hab' ich auch einmal ganz allein daheim bleiben müssen von einem Ball, auf den ich mich gefreut hatte Tag und Nacht!«

»Gefreut? Warum, Großmutter?« flüsterte Hannchen.

»Warum?« lachte die alte Frau. »Du Spitzbub! Ich glaub', du denkst dir was!«

Hannchen nickte.

»Ja, hast schon recht! Weißt ... ich hab' deinen Großvater damals schon gekannt ...«

»Er muß in seiner Jugend ein schöner Mann gewesen sein. Das sieht man ja noch an dem Bild, das in deiner Stube hängt.«

»Schön? Nein ... aber gut und brav und treu, Hannchen, und das ist mehr als Schönheit. Schau ... daß ich so ganz ohne Schmerz an seinen Tod denken kann, das ist nur darum, weil die Erinnerung an sein Leben keinen Schatten hat. Achtunddreißig Jahre haben wir gehaust miteinander und nie, Hannchen, nie haben wir uns gezankt, nicht ein einziges Mal. Bei einer Kahnfahrt hab' ich ihn kennengelernt, und von der ersten Stund' an bin ich ihm gut gewesen. Und er mir auch! Aber aufs Reden hat er sich halt gar nicht verstanden ...«

Hannchen seufzte.

»Und wer weiß, ob wir je zueinandergekommen wären, wenn ich nicht damals von jenem Ball hätt' daheim bleiben müssen. Er, weißt du, er war dort und hatte mir

Blumen gebracht ... und hat immer gewartet und gewartet ...« Die Großmutter schwieg und lächelte. »Später hat er mir oft gesagt, daß er damals nur deshalb so mutig gewesen wär', weil er mich nicht gesehen hätte!«

»Was hat er denn getan?«

»Denk dir nur ... ich sitz' allein zu Hause, und fast die Augen hab' ich mir ausgeweint ... und auf einmal, da hör' ich, wie draußen die Glocke gezogen wird. Ich frag' mich ganz erschrocken: wer kann denn jetzt noch kommen, so spät in der Nacht? Und da hör' ich draußen eine Stimme, daß mir völlig kalt wird ums Herz. Wie ein Eiszapfen steh' ich da und kann nicht schlukken und hab' keinen Atem ... und da geht die Tür auf, und die Franzl, unsere Köchin, kommt herein mit einem Blumenstrauß in der Hand und sagt ...«

Die Großmutter verstummte und hob lauschend den Kopf. Draußen war die Klingel gezogen worden – und jetzt hörte man zwei Stimmen im Vorzimmer.

Hannchen war aufgesprungen, zitternd, mit blassen Wangen.

»Kind! Ja was hast du denn?« stammelte die Großmutter.

Da wurde die Tür aufgerissen, und eine Magd kam hereingestolpert, das Gesicht glühend vor Eifer und Freude, in der Hand ein Sträußchen blühender Rosen.

Da wurde die Tür aufgerissen, und eine Magd kam hereingestolpert.

»Fräul'n! Fräul'n!« schrie sie fast atemlos. »Schauen S' nur her! Die Blumen g'hören Ihnen ...«

Hannchens Augen füllten sich mit Tränen, aber sie brachte keinen Laut über die blassen Lippen, konnte keinen Finger rühren.

»Kind! Kind!« In freudigem Schreck schlug die alte Frau die Hände zusammen. »Das ist ja genauso, wie's bei mir gewesen ... vor zweiundfünfzig Jahr'!« Sie faßte die Magd beim Ärmel. »Aber so red doch, du Urschel, wer hat denn die Blumen gebracht?«

»Der junge Herr Zeller.«

»Zeller! Hannchen ... ist das der Richtige?«

Hannchen deckte die Hände über das erglühende Gesicht und nickte nur.

»Aber wo bleibt er denn?«

»Fort«, stotterte die Magd, »fort ist er wieder.«

»Fort? Oho! So schnell geht das nicht!« Und in hellem Eifer eilte die alte Frau zur offenen Tür.

»Großmutter!« stammelte Hannchen erschrocken und streckte die Arme – freilich nur in die leere Luft; die alte Frau schien junge Füße bekommen zu haben – ein paar Sekunden, und sie stand schon draußen im Flur und rief mit ihrem dünnen Stimmchen hinunter über die dunkle Treppe: »Herr Zeller! Herr Zeller!«

Eine Männerstimme gab Antwort.

Wie ein Taumel kam es über Hannchen. Lachend und schluchzend streckte sie die Hände nach den Rosen, drückte die Blumen an ihre Brust und stand, wechselnde Röte und Blässe auf den Wangen, zitternd an allen Gliedern ...

Bergfeuer

Sie hat Eile, die Cilli. Es dunkelt schon im Tal, über den ragenden Zinnen der Felswände ist der letzte rote Schein des Abends bereits erloschen, am klaren dämmerblauen Himmel flimmert schon der erste Stern. Doch in der Hütte gibt es noch immer zu schaffen. Die Cilli hat flinke Hände, aber noch flinker sind die träumenden Gedanken ihrer Sehnsucht, und in ihrem Herzen zittert die Ungeduld. Nüchterne Arbeit und träumende Ungeduld stimmen schlecht zusammen, eines stört das andere. Was Wunder, daß die Cilli trotz ihrer flinken Hände gerade heute, wo sie so große Eile hat, mit der Arbeit viel langsamer vom Flecke kam als an jedem anderen Abend! Und da muß sie jetzt noch diese Mahnung hören, die sie noch mehr verwirrt, noch ungeduldiger macht. Über das weite Almfeld klingt in ihre Hütte der Jodelruf einer weiblichen Stimme. Das ist die Zenz von der Nachbarhütte, und ihr Jodler soll fragen: »I bin firti, Cilli, du aa?«

Sie springt unter die Tür, und durch die dunkelnde Abendluft kann sie gerade noch erkennen, wie ihre Freundin da drüben über den steilen Grashang emporsteigt, ein mächtiges Bündel auf dem Rücken, und wie sich zu ihr eine zweite Sennerin gesellt, mit einem gleichen Bündel. Der talwärts ziehende Abendwind trägt das fröhliche Lachen der beiden Mädchen an Cillis Ohr. Unmutig wirft sie die Tür zu und kehrt zu ihrer Arbeit zurück.

»Jetzt aber flink!«

Ein Viertelstündchen noch, und dann ist sie fertig. Mit einem Stricke schnürt sie ein Dutzend großer Holzscheite zu einem Pack zusammen und eilt in die Kammer, um ihre Arbeitskleider mit einem besseren Gewand zu vertauschen. Wie prächig sie aussieht in dem dunkelgrünen Rock mit der geblumten Schürze, in dem schwarzen, knapp anliegenden Mieder mit den weißen gebauschten Ärmeln! Und über der schlanken, hübsch gerundeten Gestalt der feste, von schweren Zöpfen umflochtene Blondkopf mit dem kirschroten Mund und den blauen Augen. Kein Wunder, daß sich der Martl bis über die Ohren in die Cilli verliebte.

»Jetzt aber weiter!« lacht sie und kehrt auf dem offenen Herd noch hastig die glimmenden Kohlen zu einem Häufchen zusammen. Sie legt ein kleines Lederpolster auf den Kopf, hebt das Bündel mit den Scheiten darüber, und so tritt sie aus der Hütte. Es ist schon so dunkel, daß die über das Almfeld zerstreuten Steine kaum noch in mattem Schimmer zu erkennen sind. Gleich schwarzen Klötzen liegen die Kühe im Gras, man hört sie käuen und schmatzen, und manchmal rührt sich mit sanftem Ton eine Glocke. Die Cilli schreitet flink jenem Hang entgegen, über den die zwei anderen Mädchen emporgestiegen sind. Da stolpert sie über eine Felsschrunde und stürzt auf die Knie. Mit leisem Wehlaut richtet sie sich auf. Eine abergläubische Regung überkommt sie. Hastig schlägt sie ein Kreuz über Gesicht und Brust, dann lächelt sie schon wieder vor sich hin. Sie wird fallen, ja, aber in die Arme ihres Buben!

Ein rötlicher Feuerschein, von Rauch umqualmt, leuchtet ihr von der Höhe entgegen. Sie beschleunigt ihre Schritte und ist nach wenigen Minuten an Ort und Stelle, auf der höchsten Kuppe des Almfeldes, die freien Überblick gewährt über das weite, nachtschwarze Tal. Unter dieser Kuppe, deren Grasboden in eine steil abfallende, von scharfen Schrofen durchrissene Felswand übergeht, liegt der breite Waldkessel, durch den der Fußpfad vom Dorf im Zickzack sich emporwindet. Mit lachendem Gruß wirft Cilli ihre Last zu Boden. Ein verdrossenes Wort über die Buben, die sich mit dem Kommen so lange Zeit lassen – dann löst sie den Strick von ihrem Bündel und schichtet die Scheite über den brennenden Holzstoß. Das knistert und prasselt. Aus den Flammen sprühen leuchtende Funken in die laue Nacht. Da klingen schwatzende Stimmen aus der Tiefe. Cilli fährt auf, steht am Rande der abfallenden Wand und späht hinunter in den Kessel. Es ist unmöglich, in diesem Wirrnis von Finsternis eine menschliche Gestalt zu unterscheiden. Nur die Stimmen hört sie, und da fliegt ein Schatten von Mißmut und Enttäuschung über Cillis Gesicht. Zwei Stimmen nur. Und der Martl ist nicht dabei.

Die Burschen kommen, es gibt ein Halsen und Lachen, und Cilli steht daneben und guckt mit nassen Augen in das lodernde Feuer. Wo ist der Martl? Der muß sich versäumt haben. Wohl frägt sie noch weiter, aber die beiden Paare sind allzuviel mit sich selbst beschäftigt, um für lange Fragen Geduld oder Antwort zu haben. Verdrossen kehrt ihnen Cilly den Rücken. Außerhalb der Helle des brennenden Holzstoßes läßt sie sich auf einen Felsblock nieder, legt das Kinn in die aufgestützte Hand und blickt hinaus in die dunkle Nacht.

Sommernacht auf den Bergen! Welch eine Fülle geheimnisvollen Zaubers! Du blickst um dich und fühlst dich abgeschlossen von aller Welt, wie inmitten eines gewaltigen Ringes. Dennoch fühlst du dich frei, du siehst deine Mauern kaum, die Berge, deren Grate mit einem dunkel verschwommenen Ton sich einzeichnen in den reinen graublauen Himmel. Tiefe Nacht zu deinen Füßen. Und über dir die funkelnden Sterne gleich tausend leuchtenden Engelsaugen, die in zärtlicher Freude auf dich niederblicken, auf dich allein. Mit sanftem Hauche spielt der kühle Wind um deine Wangen, streicht leise über das Gras, im Geschröf der niederstürzenden Felswand hörst du ihn summen und seufzen, flüsternd zieht er durch die mageren Zweige der Krüppelföhren, um tiefer im Walde durch die Wipfel zu rauschen wie der lebendig gewordene Traum der schlummernden Bäume. Diesem Rauschen und Summen lauschst du, bis es verschwimmt und verschwindet in deinem Ohr. Dann liegt es wie Stille um dich her, wie tiefe Stille. Deine Augen vergessen das Schauen in die dunkle Ferne und beginnen nach einwärts zu blicken in deine Seele. Da schreckt dich ein Laut aus deinen Träumen. Was war es? Du weißt es nicht. War es der Ruf eines Nachtvogels? War es ein Stein, der sich löste und wieder einen Schritt getan hat auf seiner Reise zum Tal? War es ein Schrei von Menschenlippen, der, vom Winde verweht, aus der Tiefe klang? War es ein unerklärlicher Laut, in der Luft entstanden und in der Luft erloschen? Oder hat die Erde geatmet in ihrem Schlaf? –

Vom brennenden Holzstoß lodert die Flamme in die Nacht hinauf. Handgroße Feuerfetzen lösen sich los und verzehren sich in der Finsternis. Leises Kichern und zärtliches Geflüster. Cilli hört es nicht. In sich versunken, sinnt und träumt sie, von der Schwermut des dunklen Schweigens umfangen, und ihre Augen irren ins finstere Tal. Ein winziger Schimmer, wie von einem Stern, der auf die Erde gefallen, glitzert zu ihr empor. Ob das ein Licht im Dorf ist? Vielleicht das Fenster ihrer Mutter? Oder ein Fenster an ihres Martls Haus? Der Martl sitzt gewiß nicht hinter dem Tisch, auf dem jene Lampe brennt. Der ist auf dem Weg zu ihr. Oder sollte er – – Nein! Sie braucht nur an seine ehrlichen Augen zu denken, um über diesen bösen, dummen Gedanken zu lächeln. Der Martl! Und nicht treu? Da lächelt sie und sieht ihn, wie damals, als er zum erstenmal unter die Tür ihrer Hütte trat, die Holzaxt über der Schulter. Wie damals mißt sie mit den Augen die feste Gestalt, sieht das freundliche Lachen in seinem braunen Gesicht und sieht das Staunen, mit dem er sie betrachtet.

Da klingt ein Jauchzer aus dem Kessel herauf, und von der Felswand hallt das Echo eines übermütigen Jodlers. Mit ersticktem Laut fährt Cilli auf. »Er kommt!« Lachend springt sie zum Holzstoß, zerrt ein brennendes Scheit aus dem Feuer, springt an die Kante der Felswand vor, wirbelt den Feuerbrand im Kreis und schleudert ihn unter gellendem Jauchzer in die Nacht hinaus. Gleich einem funkensprühenden Feuerrade saust das brennende Scheit zur Tiefe. Auf Cillis Lippen erstirbt das Jauchzen. Sie hat im Schwunge das Gleichgewicht verloren. Unter ihren Schuhen bröckelt das verwitterte Gestein, sie wankt, ihre Füße verlieren den Grund, und mit erloschenem Schrei verschwindet sie in der Tiefe.

»Jesus Maria!« kreischten die andern. Und aus dem Kessel singt eine lustige Stimme:

»Dö Kindln, dö schlafen scho,
San so viel brav!
Mei' Madl, dös wart't auf mi,
Hat no' koan Schlaf!

Im Feld sitzt a Katzl,
Dös paßt auf a Maus.
I paß auf a Bußl,
Dös kimmt mer net aus!«

Ihre Füße verlieren den Grund, und mit erloschenem Schrei verschwindet sie in der Tiefe.

Einen Jodler dudelnd, kommt der Martl über den Saum der Kuppe heraufgestiegen. Vom roten Schein des Bergfeuers überflackert, schwingt er lachend das Hütl und schreit: »Hoi! Madl! Wo bist denn?« Das Lachen vergeht ihm. Kreischend, mit verstörten Gesichtern, springen die anderen ihm entgegen. Er muß erraten, was die Zenz nicht über die Lippen bringt. Seine Hände greifen in die Luft. Dann rennt er gegen die Felswand hin und schreit mit heiserer Stimme in die Tiefe: »Cilli?«

Alles still da drunten, still und finster. Weit in der Tiefe zwischen kollerndem Bergschutt leuchtet noch in matter Glut das halberloschene Scheit.

Schweigend wirft er Hut und Joppe von sich, die andern wollen ihn mit Gewalt zurückhalten, er reißt sich los und klettert hinaus über den Rand der Felswand. Da springen die andern zum Holzstoß und kommen mit Feuerbränden zurück. Der grelle, zuckende Schein der wehenden Flammen erleuchtet den Weg, den Martl genommen. Er hängt an einen Felszacken geklammert, nun gleitet er tiefer, fängt sich wieder mit beiden Armen. Das Wagnis kann nicht gelingen, es ist der sichere Tod, in den er hinuntersteigt – und dennoch gelingt es ihm. Nun sieht er sie liegen, auf einem grasigen Vorsprung, matt umflossen vom rötlichen Feuerschein. Ein erwürgter Laut, und heftig zittern ihm die Hände, mit denen er die Blutende faßt und emporzieht an seine Brust.

Ihre Augen sind offen, ein Lächeln, und ihre Lippen bewegen sich, als wollte sie sprechen. Ein Seufzer noch, als wäre ihr wohl in seinen Armen. Dann strecken sich ihre Glieder.

Die Nacht verrinnt. Über den Bergen graut der Morgen. Da wird es auf der Alm lebendig. Sie kommen mit langen Seilen und mit einem großen Tuch. Martl hat dieses Tuch verlangt. Raschelnd gleitet es am Seil über die Wand zu ihm herunter.

Er sitzt an den Fels gelehnt, die Tote in seinem Schoß, ihr Gesicht auf seiner Schulter. So hat er ausgehalten die ganze Nacht.

Mühsam umhüllt er die Erstarrte mit dem weißen Tuch und knüpft die Enden um seinen Hals. Unter den Armen windet er sich das Seil um die Brust und schreit zur Höhe – ein einziges Wort nur:

»Auf!«

Das rote Band

Zwei Wegstunden von Fiume, das Meer entlang gegen Triest zu, liegt ein Fleckchen Erde, dem die Wärme der südlichen Sonne und der befruchtende Hauch des Meeres Sommer und Winter zu einem blühenden Mai gestalten.

Wandert man im Frühling von Fiume die Straße hinaus, die auf- und absteigt über das bergige Ufer, so hat es den Anschein, als käme man nach Umgehung der großen, vor dem Städtchen Voloska gelegenen Bucht innerhalb weniger hundert Schritte in ein meilenweit südlicher gelegenes Klima. Auf den steinigen Höhen, die rechter Hand der Straße emporziehen, bis zu den Gehängen des stolz herniederblickenden Monte Maggiore, schließt sich das Grün immer enger aneinander, bis es hinter Voloska zusammenfließt in ein weites, welliges Blättermeer; die Rebstöcke der die Straße geleitenden Vignen werden höher, ihre vielzackigen Blätter größer und saftiger; es mehren sich die Lorbeerbüsche mit ihren winzigen Beeren und die Feigenbäume mit den halbgereiften, schon gelblich angehauchten Früchten; der Efeu kriecht über den Rain der Straße und umschlingt mit seinen blattübersäten Ranken die verwitterten Wegsteine; da steht der erste blühende Rosenstrauch – und hier das erste kleine Fischerhaus von Abbazia, bis unter das Dach überwachsen mit Weinlaub, Gaisblatt und gelben Rosen.

Zwischen Lorbeerhecken und laubgekrönten Vignenmauern zieht die Straße dahin, mit den schmalen, kleinen Häusern, auf deren abgeflachten Ziegeldächern Moos, Efeu und Farne in ungestörter Ruhe sprießen. Jedes einzelne dieser Gebäude, selbst das kleinste und ärmlichste, steht für sich in einem Garten, darin die Rosenstauden unter der Last ihrer duftenden Blüten die langen, schwanken Äste bis zur Erde neigen.

Oft auch überdeckt eine Rosenlaube den Eingang zur Haustür, und darunter sieht man wohl einen alten Fischer sitzen, der in langsamer Bequemlichkeit die zerrissenen Netze bessert, während der vom Meere heraufziehende Windhauch ab und zu einen Regen von Rosenblättern über den Graukopf hinschüttet.

Buschige Lorbeerbäume überragen die Dächer, und schlanke spitzgewipfelte Zypressen, deren dunkle Konturen sich scharf vom tiefblauen Himmel abheben, stechen hervor über das grüne Durcheinander der Mandel-, Feigen- und Olivenbäume, in deren Kronen die Nachtigall vom Abend bis zum Morgen lockt.

Rechts von der Straße steigen steinige Wege hinauf gegen das Bergland und die höher gelegenen Weingärten; links von ihr führen zwischen Hecken und Gartenmauern schmale, schluchtenartige Gäßchen, überdacht von Buschwerk und Bäumen, hinab zum Meere, gleichsam natürliche Sprachrohre, durch die seine brausende, rauschende Stimme vernehmlich herauftönt an das Ohr des Wanderers.

Folgen wir diesem Ruf und steigen wir, unweit von Mutter Tommaccics *Osteria alla piazza,* hinunter durch solch einen Laubtunnel, der um ein geringes breiter ist als die übrigen, so schimmert uns vorerst nur eine kleine, stahlblaue Wasserscheibe entgegen; je mehr wir uns aber nähern, desto mehr vergrößert sie sich; endlich treten wir ins Freie, und vor dem entzückten Auge liegt weit und breit das wogende Meer. Langsam ziehen die gestreckten, schaumköpfigen Wellen, zeitweise aufblitzend unter einem Reflex der Mittagssonne, ans Ufer heran, um sich in rauschender Brandung an den flach auslaufenden Kiesbänken zu verlieren oder ihre Wassermassen an den vielzerrissenen Felsen brausend zu weißem Gischte zu zerschlagen.

Zwischen diesen Felsen und dem hügelanziehenden Mandelgesträuche führt ein rauher Pfad den Strand entlang; nun biegt er um die hochaufgemauerte Balustrade eines Villengartens, durchschneidet in kurzer Strecke ein dichtes Gebüsch und mündet schließlich auf dem grasigen Ufer einer kleinen, halbkreisförmigen Bucht, welche die Abbazianer mit einer etwas ungerechtfertigten Übertreibung ihren Molo, ihren Hafen, nennen.

Durch einen schmalen, aus rohen Quadersteinen aufgeführten Damm, der sich von einer Landecke seitlich in das Meer hineinbaut, den Spiegel in Mannshöhe überragend, wird die kleine Bucht von der offenen See getrennt. An der Außenseite des Dammes sind zu seinem Schutze große, wirr durcheinander geworfene Felsbrocken als Brandungsbrecher in das Wasser gesenkt, und sie erfüllen auch ihren Zweck, denn still und klar liegt die Meeresflut im Innern der Bucht, die hart am Damm eine beträchtliche Tiefe zeigt und erst gegen das Ufer hin einen seichteren, hellsandigen Grund erkennen läßt.

In der Ecke, die der Damm mit dem steinigen Ufer bildet, führt eine schmale, gemauerte Treppe bis zum Niveau des Wassers hinunter. Auf ihren Stufen sitzt ein junger Bursch in einem grauen Leinenanzug, dessen Jacke luftig zurückgeschlagen ist und das weiß- und rotgestreifte, an der Brust offene Hemd gewahren läßt. Ein breitkrempiger Basthut liegt nebenan auf den Steinen.

Die beiden Arme hält der Bursche hinter dem Rükken verschränkt, und so lehnt er mit der rechten Schulter an der blauschattigen Quaderwand. Die hohe Stirne unter den schwarzkrausigen Haaren liegt in mißmutigen Falten, die Oberlippe mit dem zierlichen Bärtchen ist unwillig aufgeworfen, und zwei dunkelglänzende Augen schauen finster und verdrossen aus dem hübschen, sonnengebräunten Gesicht.

Diese Augen ruhen bald auf dem Grunde der klaren Flut, wo die kleinen Muscheln zu Hunderten durcheinander liegen und ein plumper Seekrebs langsam zwischen Steinen und Moosbüscheln umherkriecht; bald schweifen sie hinüber nach dem gegenüberliegenden flachen Ufer der Bucht, wo ein halb Dutzend Fischerbarken auf den Sand gezogen sind. Eine von ihnen muß eben erst vom Fischfang zurückgekehrt sein, denn der bärtige Schiffer, der mit polternden Tritten in dem schwankenden Fahrzeug rumort, hebt die wassertriefenden Ruder aus den Riemen, schwingt sie auf die Schulter, rafft seinen Kittel von der Steuerbank und steigt aus dem Nachen auf den nassen Ufersand.

»He! Giulio! Wohin?« ruft ihm der Bursche von der Treppe herüber zu.

»Nach Hause.«

»Kommst du bei Mutter Tommaccic vorüber?«

»Nein. Aber du weißt, Masso, daß ich dir gern einen Gefallen tue.«

Hurtig greift Masso in seine Tasche. »Da, fang auf!« ruft er und schleudert mit geschicktem Wurf eine Silbermünze über die Bucht hinüber bis dicht vor die Füße des Schiffers. »Kauf dir dafür bei Mutter Tommaccic einen guten Schoppen! Und wenn dir Anniza das Glas hinstellt, so sag ihr ... aber heimlich, hörst du ... sag ihr, daß ich hier am Molo noch eine halbe Stunde auf sie warte. Will sie nicht kommen, dann sieht sie mich so bald nicht mehr. Oder sag: niemals wieder! Hörst du? Niemals wieder! Sag ihr das!«

Der Schiffer lächelt, während er die aufgenommene Münze prüfend auf beiden Seiten betrachtet; dann steigt er über Geröll und Gestrüpp an das höherliegende Ufer. »Addio!« nickt er dem Burschen noch zu und verschwindet hinter dem Buschwerk des abziehenden Pfades.

Regungslos sitzt Masso wieder auf der Treppe, die

Arme um das aufgezogene Knie geschlungen. Seine Augen starren in die Flut; seine Lippen sind gespitzt, als möchte er ein Lied pfeifen, das nur vor all den vielen Gedanken, die Massos Haupt durchkreuzen, nicht laut werden kann.

Minute um Minute verstreicht.

Masso wird immer unruhiger. Und immer häufiger hebt er seinen Krauskopf, um gegen den Weg hinaufzulauschen und in die Büsche zu spähen.

Minute um Minute verstreicht.

Masso pfeift nun wirklich. Er pfeift eine ungeduldige Tanzweise, und dabei trommelt er mit Sohlen und Absätzen auf die Steinplatte. Doch er bringt die Melodie nicht zu Ende; er springt auf, drückt seinen Strohhut unsanft über die Haare und steigt auf die Plattform des Dammes.

Hier ragen in kurzer Entfernung voneinander zwei dicke, zum Anschlingen der Schiffstaue benützte Baumpflöcke aus den Quadersteinen. Um diese Pflökke beschreibt Masso mit erregten Schritten eine kontinuierliche Achterlinie. Plötzlich hält er inne, und wie ein Blitz zuckt es aus seinen Augen. Einen letzten prüfenden Blick noch wirft er zwischen das Laubwerk, durch das ihm ein lichtes Gewand entgegenschimmert. Dann duckt er sich lautlos auf den äußeren der beiden Taupflöcke nieder, stützt den Ellbogen auf das Knie

»Da, fang auf!« ruft Masso und schleudert mit geschicktem Wurf eine Silbermünze über die Bucht hinüber.

und senkt die Stirn in die Hand. Auf seinem braunen, dem brandenden Meere zugewandten Gesicht lagert sich eine düstere Miene.

Die Büsche teilen sich – und ans Ufer tritt ein schmuckes, schlankgewachsenes, braunwangiges Mädel, die schwarzen, schelmisch lächelnden Kirschenaugen nach dem in Gram und Kummer vertieften Burschen gerichtet.

Knapp und passend umschließt ein einfaches, schon etwas verwaschenes Perskleid diese Gestalt, an der alles zierlich ist. Die üppigen Haare sind am Hinterkopf in einen dicken Knoten zusammengewirbelt.

Außer den natürlichen Eigenschaften ist ein zweifingerbreites rotes Seidenband, das den Scheitel umwindet und in einer langgezogenen Masche über den Rücken niederfällt, Annizas einziger Putz und Schmuck.

Mit flinken Füßen schreitet sie auf den Burschen zu und schlägt ihm kichernd die beiden Hände auf die Schultern.

»Masso, da bin ich!«

»So? Bist du da?« klingt ihr grollend die Antwort entgegen. »Endlich! Du mußt dich nicht sonderlich beeilt haben?«

»Gewiß nicht! Ich bin schön gemütlich spaziert. Denn ich habe mir gedacht, je länger ich dich warten lasse, desto liebenswürdiger wirst du mich empfangen.«

»Es scheint aber, daß du dich getäuscht hast!« knurrt der Bursche, während er mit geballten Fäusten aufspringt.

»Oh, oh, oh, oh? Nur nicht so hitzig!«

»Ja getäuscht! Wie ich mich in dir getäuscht habe! Du!« stößt Masso hervor und beginnt an der Unterlippe zu nagen, während sich seine Blicke, wie magnetisch angezogen, an den roten Streif heften, der sich schimmernd durch Annizas schwarzes Haar zieht.

Ein leichter Schatten von Unmut überfliegt das Gesicht des Mädchens. »Ich muß dich bitten, deine rätselhaften Redensarten etwas deutlicher zu geben!« Dabei läßt sie sich auf den von Masso verlassenen Taupflock nieder, und zwar mit einem Seufzer, der ihre Ungeduld zu erkennen gibt. »Also?«

»Wie? Du hast noch die Keckheit, eine Erklärung zu verlangen? Du willst vielleicht gar nicht wissen, wie schmählich du dich vor einer Stunde gegen mich benommen hast? Wahrscheinlich aus Dank dafür, daß ich dir zuliebe drei Schoppen von deiner Mutter saurem Wein in mich hineingewürgt habe?«

»Höre, du! Unser Wein ist gut!« fährt Anniza unwillig auf. »Über unsern Wein wirst du mir kein schiefes Wort mehr sagen! Im übrigen bist du ein Narr, Masso! Hätt' ich dich vielleicht mitten in der Gaststube vor allen Leuten herzen und halsen sollen? Ich muß schon auf meiner Hut sein, wenn ich dir nur ein einziges Mal unter dem Tische heimlich die Hand drücke. Meine Mutter hat Luchsaugen, und wenn sie nur ein Tüpfelchen von unserer Liebschaft merkt, bevor ich es ihr gesagt habe, dann ist es aus mit uns. Für immer!«

»Soso? Hast du etwa nicht bemerkt, daß ich dir ein dutzendmal auf den Flur nachgegangen bin, wenn du Wein aus dem Keller holtest?« sprudelt es von Massos bebenden Lippen, während er mit unheimlich funkelnden Augen die Enden des roten Bandes verfolgt, die im Winde lustig flattern. »Und auf deine Mutter redest du dich aus? Haha! Du willst wohl nicht gesehen haben, wie ich zu ihr in die Küche ging, um mir Feuer geben zu lassen, und wie ich auf dem Rückweg die Tür zugezogen habe?«

»Hab' ich gesehen, ja! Aber die Mutter hat sie wieder aufgemacht!«

»Du hättest inzwischen Zeit genug gehabt, mich zu küssen. Wenn es dir darum zu tun gewesen wäre! Aber du schienst es furchtbar eilig zu haben, immer so rasch als möglich in die Stube zurückzukommen.«

»Gewiß! Wenn ich bei jedem Glase Wein, das ich holen ging, eine Stunde lang bei dir auf dem Flur gestanden wäre, was hätten da die Gäste gesagt?«

»Besonders der *eine!* Nicht wahr? Du brauchst nicht zu lachen! Ich weiß schon, Anniza, ich weiß schon! Du bist anders geworden zu mir, ja, bitter hast du dich verändert, und das seit dem Tag, an dem dieser weißköpfige Bavarese, dieses Milchgesicht mit den vier Augen, bei euch eingezogen ist. Gnad ihm aber die Mutter Gottes, wenn ich ihm einmal allein begegne!«

Da lacht Anniza, hell und lustig. »Masso, Masso! Nun machst du dich auch noch lächerlich! Ich meine wirklich ein fünfzehnjähriges Bübchen reden zu hören und nicht einen alten, ausgewachsenen Menschen von achtundzwanzig. Weißt du, *wer* anders geworden ist? Du! Ja, du! Du mit deiner grundlosen Eifersucht! Der junge Fremde plaudert und lacht mit mir, und manchmal neckt er mich mit einem gewissen einfältigen Burschen. Das ist alles. Aber eines weiß ich: daß du von ihm Liebenswürdigkeit lernen könntest!«

»So?«

»Ja, so! Nicht *einmal* noch, daß er einen Spaziergang oder eine Segelfahrt nach Fiume machte, ohne mir irgendeine Kleinigkeit mitzubringen, die mich freuen mußte!«

»Der liebe, gute Herr! Da hat er dir wohl auch gestern oder heute dieses geschmackvolle Haarband mitgebracht? Nicht wahr?«

»Allerdings. Die drei Bänder, die du mir in zwei Jahren schenktest, haben schon recht an Farbe verloren. Ich mußte also wohl mit dem da eine große, große Freude haben.« Lächelnd hascht Anniza mit flinker Hand die flatternden Enden des Bandes und läßt sie spielend durch die Finger gleiten. »Findest du nicht, daß gerade dieses Rot mir ausnehmend gut zu Gesicht steht? Wenigstens meint es unser Signor Bavarese.«

»Aber ich, nein, ich meine das nicht! Ich nicht! Nein!« keucht Masso dem lächelnden Mädchen ins Gesicht. »Ich finde, daß es dir abscheulich steht, dieses Band, daß es dich entstellt, daß es dich häßlich macht. Und weil ich das finde, wirst du das Band aus deinem Haar entfernen. Augenblicklich!«

»Langsam, Masso, nur langsam, langsam! Vielleicht, ja, vielleicht tu ich dir den Willen, wenn du mich schön darum bittest.«

»Nein, nein, tausendmal nein, ich bitte nicht! Ich wünsche das, ich will es haben, ich befehl' es dir! Und ich sag' dir, Anniza: wenn du meinem Befehl nicht gutwillig Folge leistest, dann ...«

»Nun, Was dann?«

»Dann will ich dich zwingen!« schreit Masso mit zornbebender Stimme, streckt den Arm, faßt das flatternde Band – ein Ruck – und über Annizas Schultern fließen mit rascher Welle die entfesselten Haare, während das rote Band mit halbgelöster Schleife aus Massos Faust auf die Quadern baumelt.

Auch das Gesicht Annizas, die bei dieser unerwarteten Katastrophe aufsprang mit ersticktem Schrei, ist bleich geworden vor Zorn. Bevor sie aber noch ein Wort der Entrüstung findet, haschen ihre Hände schon das rotseidene Streitobjekt – Masso zieht hin, Anniza zieht her, wobei sich die halbgelöste Schleife an den Enden des Bandes zusammenschnürt, so daß die vier Hände jetzt an einem unnachgiebigen Bandringe hin- und herzerren.

Auf Annizas Stirne beginnt die Blässe des Zornes der dunklen Röte einer erheblichen Kraftanstrengung zu weichen.

»Masso! Das Band laß aus! Oder es hat ein Ende mit uns. Das schwör' ich dir bei Gott!«

Schier wäre sie rücklings über den Taupflock gestürzt, so plötzlich hat Masso das rote Band bei dieser Drohung fahren lassen.

»Gut! Gut! Ich habe dir den Willen getan. Jetzt tu du mir den meinen! Wirf das Band ins Wasser! Anniza! Wirf das Band ins Meer!«

Mit unwilligem Achselzucken wendet sich das Mädchen ab und erhebt die Arme, um das gelöste Haar zu raffen.

»Anniza! Ich rate dir's im guten! Wirf das Band ins Meer! Anniza ... ich hab' etwas bei mir geschworen! Das Band oder ich! Und nun zähl' ich. Eins, zwei, drei? ... Gut! Du willst, daß ich sterbe! Addio!«

Anniza stößt einen gellenden Schrei des Entsetzens aus und streckt die Hände nach Masso. Aber es ist zu spät. Schon fliegt er in weitem Sprung über den Damm hinaus, und das aufspritzende Wasser schlägt über seinem versinkenden Kopf zusammen.

Schluchzend, ratlos, händeringend steht das Mädel, sieht den Geliebten wieder auftauchen, sieht, wie er unter Husten und Prusten mit Händen und Füßen dem Damm entgegenzappelt – jetzt hat er ihn erreicht, aber die tastenden Hände finden an der glatten Steinwand keinen Halt.

»Ich ertrinke ... Anniza ... ich ertr ... tr ... inke!« stöhnt er zwischen Wasserschlucken und Wasserspukken.

»Masso, du Guter, du Süßer du, ich rette dich oder sterbe mit dir!« jammert Anniza, während sie sich der Länge nach auf die Quadern niederwirft. Mit beiden Händen greift sie dem Wasser zu, aber sie kann die zappelnden Finger ihres guten, süßen Masso nicht erreichen. Noch einmal reckt und streckt sie sich, da gleitet ihr zum zweitenmal das Haar über die Schulter und mit ihm das halb schon aufgeknüpfte rote Band.

»Masso!« schreit das Mädchen in Jubel, zerrt das Band aus den schwarzen Strähnen, wickelt es blitzschnell mit einer Schlinge um die Hand und wirft das andere Ende dem schnappenden Burschen zu, der es mit beiden Händen glücklich erfaßt.

Nun hebt sich Anniza auf die Knie, und ihren süßen Masso am roten Bande durchs Wasser lotsend, rutscht sie den Damm entlang bis zu der gemauerten Treppe.

Noch steht der Bursche bis über die halben Beine im Wasser, da liegt das Mädel schon an seinem Hals und küßt ihm unter Tränen das perlende Gesicht und die triefenden Haare – ihres Kleides nicht achtend, dem sich die Nässe aus dem klatschenden Gewand des Burschen in großen, dunklen Flecken mitteilt.

Auf den Armen trägt Masso die Geliebte über die Treppe auf den Damm hinauf. Hier ist sie ihm behilflich, alle losen Gewandzipfel auszuwinden, daß es wie eine Traufe niederplätschert auf die Quadern – und wieder hängt sie an seinem Halse, schluchzend vor Freude und stammelnd unter Küssen: »Ich glaube, ich wäre gestorben, Masso, wenn du ertrunken wärst!«

»Ich glaube, ich auch.«

Nun lachen sie beide.

»Wir sind doch rechte Kinder!« kichert Masso und schüttelt den nassen Rücken.

»Ja, es ist wirklich an der Zeit, daß wir heiraten. Wir wollen aber auch sofort zur Mutter gehen und mit ihr reden, damit sie uns ihren Segen gibt … und trockene Kleider.«

Ein langer Kuß. Dann wandern sie davon, eines eng angeschmiegt ans andere, so den Austausch der Gefühle wie den des Seewassers gleichzeitig erleichternd.

Draußen in der Bucht schwimmt das rote Band, verloren und vergessen – und weiter gegen das offene Meer zu schaukelt Massos Basthut auf den leichten Wellen.

Wenn um drei Uhr der Signor Bavarese kommt, um seine gewohnte Kahnfahrt zu unternehmen, wird er die beiden Dinger finden. Was er sich dann wohl denken mag? Er schreibt nämlich Geschichten, dieser Signore Bavarese. Wer weiß – vielleicht macht er sich aus den beiden Sachen, wenn er sie da draußen schwimmen sieht, so eine Geschichte – ganz eine kleine.

Auf der Wallfahrt

Wieder war ein Schächtelchen fertig. Der Loibacher löste das kleine, zierliche Ding aus der Drehbank, probierte noch einmal, ob sich der dünne Deckel auch richtig auf den Untersatz füge, und gesellte es dann zu den übrigen, die schon zu Dutzenden auf der Drehbank übereinandergeschichtet standen. Mit einer gewohnheitsmäßigen Bewegung wischte er sich den Holzstaub aus dem grauen Schnurrbart und von den furchigen Backen und schüttelte die krausen Späne von der blauen Leinenschürze. Aus einem vor Alter morschen Weidenkorbe nahm er ein kurzes, roh gehauenes Stück weißen Ahornholzes und musterte die Adergänge mit einem wägenden Blick seiner dunklen, langsamen Augen, die, von zahllosen Fältchen umzogen, unter buschigen Brauen tief gebettet lagen. Achtsam spannte er das Holzstück zwischen die Bolzen der Drehbank und griff nach dem Hohleisen, dessen Schärfe er am Daumennagel prüfte. Mit einem Stoß des Handballens brachte er das große, von einem groben Eisenreif umschlossene Schwungrad in Bewegung. Dabei seufzte er tief auf, wie unter schwerer, drückender

Sorge, und neigte den Kopf zur Seite, um durch das kleine, offene Stubenfenster besser nach der Hausbank sehen zu können. Geraume Zeit verweilten seine Blicke da draußen, bevor er sie, wieder seufzend, zurückwandte zu seiner Arbeit. Wehmütig nickte er vor sich hin, schob den Fuß über die auf- und niedersteigende Tretstange und setzte mit festgeschlossenen Händen das Eisen an das wirbelnde Holz. Die Späne flogen auf, und während die krausen Scheitchen dem Alten gegen die Brust und über die stämmigen Schultern flatterten, sprühte ihm der feinere Drehstaub ins Gesicht und in die grauen Haare. Dazu erfüllte ein Zittern und Schwanken, ein singendes Knirschen und schnurrendes Rappeln die kleine, ärmliche Stube.

Werkstätte, Schlafkammer und Wohnraum, das alles war diese Stube in einem. Die beiden Ecken an der längeren Fensterwand waren mit der Drehbank und dem Schnitzbock ausgefüllt; in der dritten Ecke stand das schmale Bett des Alten zwischen Wand und Ofen, in der letzten Ecke der Tisch und die Winkelbank. Das mit Palmzweigen und verdorrten Feldblumen gezierte Kruzifix war neben einem Bild der Muttergottes der einzige Schmuck der rissigen, vom Ofenrauch gebräunten Wände. Die Stube hatte zwei Türen, die weit offen standen; die eine führte in eine enge Kammer, in der man einen roh gezimmerten Schrank, zwei Stühle und das Ende eines mit geblumten Kissen überdeckten Bettgestelles gewahrte; die andere Tür führte in den Flur, dessen tiefere Hälfte als Küche diente. Ein weiteres Gelaß enthielt das Haus des Loibachers nicht;

doch gewahrte man im Fußboden des Flures eine Bretterklappe, unter der die Kellergrube lag, während an der Decke eine Falltür den Zutritt zum Bodenraum gestattete, den man auf einer Leiter besteigen mußte. Dort hinauf wanderten allabendlich die Schachteln und Schächtelchen, die der Loibacher tagsüber fertigstellte; am Ende der Woche wurde dann der ganze Vorrat heruntergeholt, auf die Kraxe verladen und zum ›Verleger‹ ins Dorf geliefert.

Und wieder war ein Schächtelchen fertig. Wieder löste es der Loibacher aus der Drehbank, prüfte die Fügung des Deckels und stellte es zu den übrigen. Wieder schüttelte er die Späne von der Schürze und wischte den Staub vom Gesicht. Wieder seufzte er und warf dazu einen sorgenvollen Blick durchs Fenster.

Da ließ sich von der Haustür her eine müdklingende, weiche Mädchenstimme vernehmen: »Vaterl, kannst mir schon wieder eine bringen.«

»Ja, mein Schatzl«, fuhr der Loibacher auf und stellte die Drehbank, die er eben erst in Gang gebracht. »Gleich bring' ich dir ein Einsatz aussi!« Hastig wählte er aus dem Vorrat zwölf Schächtelchen verschiedener Größe, von denen immer eins in das andere paßte, und die, so ineinandergefügt, einen ›Einsatz‹ bildeten. Den zur Probe zusammengefügten Einsatz schachtelte er wieder auseinander, legte die einzelnen Stücke vorsichtig in seine Schürze und eilte ins Freie.

Hier auf der Hausbank saß ein ärmlich, aber sauber gekleidetes Mädel, kaum älter als achtzehn Jahre. Welch eine Summe von Leiden aber mußte über dieses junge Leben gekommen sein! Dieses Gesicht mußte damals, als noch der frische Duft gesunder Jugend auf diesen nun so schmalen Wangen gelegen, von lieblicher Schönheit gewesen sein. Denn auch jetzt noch, trotz seiner durchsichtigen Blässe, trotz der tieftraurigen Wehmut, die aus den großen braunen Augen sprach – auch jetzt noch übte dieses Gesicht einen eigenartig sanften Zauber aus. Es war nichts Herbes an ihm. Leiden ohne Klage, Duldung ohne Bitterkeit und Vorwurf: das war die Sprache dieser Züge, der Ausdruck dieser schwächlichen, müd gebrochenen Gestalt.

Eine Krücke lag zu ihren Füßen. Eine grobe Lodendecke umhüllte ihren Schoß, auf dem ein kurzes, mit grellen Farben kunterbunt getränktes Brettchen lag. Auch ihre weißen, mageren Hände zeigten solche Flekken. Ihr zur Rechten standen kleine Töpfe mit verschiedenen Farben auf der Bank, während ihr zur Linken die Schächtelchen in Reih und Glied gestellt waren, damit die frische Bemalung in der hellen, warmen Sonne trockne.

»Ja was is denn? Heut geht's aber gschwind bei dir! Ich muß ja schier z'ruckbleiben hinter deiner!« schmollte der Loibacher, während er den Inhalt seiner Schürze dem Mädel auf den Schoß gleiten ließ. Doch wollten seine scherzenden Worte nicht recht zu den sorgenvollen Blicken passen, mit denen er im Gesichte der Tochter zu lesen suchte.

»Schau, und ich bin so froh drum, daß ich dir doch ein bißl was helfen kann!« Sie seufzte und hob die traurigen Augen zum Vater auf. »Denn weißt, allweil bloß essen und brauchen allein … und nix dafür schaffen können, das … das …«

»Aber geh!« unterbrach sie der Vater kurz und herb. Das war nun wirklich ein Vorwurf – und wieviel an Sorge, Zärtlichkeit und Liebe sprach aus ihm!

In den Augen der Kranken erschien ein flüchtiger Glanz, und ein dünnes Lächeln huschte um ihren Mund. Sie atmete auf, griff nach dem größten der neuen Schächtelchen, legte es auf dem Brettchen zurecht und begann es von innen und außen mit einer dunkelroten Beize zu tränken. Den so gewonnenen Grund bemalte sie mit blauen Ringen und weißen Sternen, von denen sie dünne Strahlen in Gold und Silber nach allen Richtungen auseinanderzucken ließ. Dabei neigte sie das Gesicht tief über ihre Arbeit, und häufig hob sie die linke Hand, um mit dem Gelenk die kurzen, immer wieder über die Stirne schwankenden Strähnen ihres schwarzbraunen Haares in die Höhe zu streichen.

Der Loibacher stand daneben und schaute eine Weile schweigend zu; dann streifte er die schwielige Hand über den Scheitel der Tochter und fragte: »Geh, Klara, sag, wie is dir denn heut?«

Müd zuckte das Mädel mit den Schultern und lispelte: »Mei, wie alle Tag halt … net besser, net schlechter.« Sie legte das bemalte Schächtelchen beiseite, griff nach einem anderen und seufzte: »Jetzt glaub' ich bald selber nimmer, daß ich noch einmal gsunden kann. Wie's is, so wird's halt bleiben müssen!«

Der Loibacher schwieg und drückte die linke Hand in den Nacken. Seine Lippen preßten sich herb zusammen, ein schroffer, fast zorniger Ausdruck erschien in seinen furchigen Zügen, und so ließ er über das waldige Gehänge, das im hellen Glanz der Mittagssonne lag, die Blicke niedergleiten ins Tal, in dem die Dächer des Dorfes aus den dichten Bäumen lugten. Jenseits des Tales stiegen die Berge empor in gewaltiger Masse; dunkle Wälder umkleideten ihren vielgegliederten Sockel, während weitgedehnte, lichtgrüne Almenmatten den Übergang zu den schütteren Latschen- und Zirbelgehölzen bildeten, aus denen die grauen, nackten Felsen aufwärts starrten, um wieder zu verschwinden unter ewigem Schnee.

In jener steilen Ferne verweilten die Augen des Alten mit so finsteren, zornigen Blicken, als hätte er die stummen, regungslosen Berge zur Rechenschaft ziehen mögen für das namenlose Leid, das zwischen ihren starren Mauern über sein armes Kind gekommen.

Dort oben war die ganze Hoffnung seines Vaterherzens zunichte geworden – in einer einzigen Nacht!

Als man ihm vor Jahren das kreischende Kindlein in die Arme legte, da hätte er im Glück dieser Stunde trotz all seiner drückenden Armut nicht mit dem Reichsten im Dorf da drunten tauschen mögen. In der Liebe zu diesem Kinde hatte er den Tod seines Weibes verschmerzt. Er hatte gearbeitet Tag für Tag, vom grauen Morgen bis in die sinkende Nacht, und hatte gedarbt, um nur sein Dirnlein besser nähren und kleiden zu können. Und als das Mädel heranwuchs, so schmuck an Leib und Seele wie kein zweites im ganzen Tal, da trug der Loibacher den Kopf so stolz erhoben, als bärge die

Hütte über der Loibachklamm von allen Gütern im weiten Lande das allerbeste. Wie groß erst hatte er getan, als Klara in das Alter kam, in dem die Mädchen auf die Almen fahren! Wie wählerisch war er gewesen, als die Almbauern sich meldeten, um das ›Loibachermadl‹ für ihren Dienst zu werben. Charakter und Stellung des Bauern, Bestand und Ansehen der Herde, Ergiebigkeit und Lage des Almengrundes, Bauart und Sicherheit der Sennhütte – wie lang und reiflich hatte der Loibacher diese Dinge nach allen Richtungen hin erwogen, bevor er sein Jawort in eine der vielen Hände schlug, die sich ihm entgegenstreckten. Und als er dann die langen Sommertage einsam vor seiner schnurrenden, rumpelnden Drehbank stand, da war sein ganzes Denken nur ein Träumen von seinem fernen Kinde, ein Träumen von dem Glück, das seinem Mädel unfehlbar erblühen mußte, wenn der liebe Herrgott nur einigermaßen in gerechter Ordnung seines Amtes waltete. Dabei dachte der Loibacher durchaus nicht an ein bestimmtes ›Glück‹; er träumte eben nur von irgendeinem, von einem ganz besonderen, von einem besonders seltenen. Und das Glück seines Kindes wäre dann auch doppelt das seine gewesen.

Und nun!

Wie war sein Kind von ihm gegangen! Und wie war es ihm von jenen Bergen heimgekehrt!

Als wär' es gestern erst gewesen, so deutlich stand die Erinnerung an jenen Morgen vor seinen Augen. Gleich unter dem ersten Blicke, den er damals im grauenden Frühlicht durch das Fenster geworfen, hatte ihn beim Anblick dessen, was die stürmische Nacht gebracht, die Sorge seines Vaterherzens mit banger Ahnung erfüllt. Wie weit aber war sein Bangen und Ahnen noch zurückgeblieben hinter der grausamen Wahrheit!

Ein jäher Schauer zog dem Alten den Kopf in den Nacken. Hastig trat er an Klaras Seite, setzte sich zu ihr und schlang wie schützend den Arm um ihre Schultern.

Mit dankbaren Augen schaute sie zu ihm auf und nickte ihm leise lächelnd zu. »So, Vaterl, vergönn dir auch ein bißl Rast! Ich mein', du kannst es brauchen.«

Er schüttelte heftig den Kopf. »Ach na ... das grad net, aber ...« Da verstummte er wieder und preßte, schwer atmend, die Lippen übereinander.

Klara beugte das Gesicht tief über die Arbeit, um dem Vater die Tränen zu verbergen, die ihr in die Augen schossen. Mit doppeltem Eifer fuhr sie in ihrer Beschäftigung fort. Da rückte der Loibacher ein wenig zur Seite, um ihren Arm nicht zu behindern; und um ihr die ohnehin geringe Mühe noch zu erleichtern, hielt er ihr auf den Knien abwechselnd das Farbentöpfchen hin, das sie benötigte.

So saßen sie schweigend; in den nahen Bäumen pisperten die Vögel; ein leises Flüstern ging durch alle Blätter; aus der Felsschlucht, die sich nah beim Hause durch den Berghang sprengte, quoll das eintönige Murmeln und Raunen der Loibach, und von der nicht sichtbaren Straße, die dort unten zwischen Wasser und Felsen bergwärts zog, tönte das wechselnde Geräusch eines ungewöhnlich regen Verkehrs: bald das Rasseln eines leichten Wagens, bald einsam hallende Schritte, bald das Singen eines Wandernden, bald wieder der klappernde Taktschritt eines größeren Trupps, vermischt mit lautem Stimmengewirr, mit hellem Gelächter oder falsch zusammenstimmendem Gesang.

»Heut geht's aber lebendig zu auf der Straßen drunt. Was is denn los?« fragte Klara nach einer Weile.

»Aber Schatzl, wie bist denn dran in der Zeit?« staunte der Loibacher. »Weißt es denn net? Morgen is ja 's Kirchenfest bei der heiligen Mutter in der Einöd! Freilich, wenn man d' Leut so hört, da möcht man's kei'm net anmerken, daß er auf der Wallfahrt is. Und wär doch manchem 's Beten nötiger als wie 's Lachen und 's Jodeln. Aber da geht's auch mehr ums Essen und Trinken als wie um der heiligen Mutter ihr Fürbitt.«

Damit erhob sich der Loibacher, um zu seiner Drehbank zurückzukehren. Und während gleich darauf in der Stube drinnen das alte Rappeln und Schnurren begann, ließ sich wieder einmal aus der Tiefe der Straße das Lärmen einer vorüberziehenden Schar vernehmen. Lustig schnatterten die Stimmen der Burschen und Mädchen durcheinander. Nun zog die Schar dicht unter dem Hause vorüber, und als in der Stube gerade die Drehbank stockte, hörte Klara aus all dem wirren Geplauder deutlich eine heiser lachende Männerstimme heraus: »Was is denn eigentlich mit dir? Weswegen bist du denn auf einmal so stad? Machst ja ein Gesicht wie der Has, wann der Fuchs net weit is? Geh, sag, was hast denn, Alois?«

Beim Klang dieses Namens zuckte Klara zusammen,

und fiebernde Röte schoß in ihre schmalen Wangen. Und während sie wie in bangem Lauschen langsam den Kopf erhob, erweiterten sich ihre Augen, und die Lippen fielen ihr auseinander.

Drunten auf der Straße ließ sich, kaum noch verständlich, beinahe völlig erstickt von all dem wirren Geplauder, eine murrende Stimme zur Antwort auf jene andere vernehmen.

Da flog ein jähes Erblassen über Klaras brennende Züge, und mit gewaltsamer Anstrengung versuchte sie sich aufzurichten. Kraftlos aber sank sie wieder zurück, ihre Hände fuhren nach dem Herzen, und während ihr die Lider brachen, fiel ihr das Haupt schwer an die Mauer. Das Brettchen glitt von ihrem Schoß und stürzte klappernd auf die Steine; das frisch bemalte Schächtelchen, das darauf gestanden, hüpfte über das Pflaster hinweg und rollte weit hinaus ins Wiesengras.

»Ja lieber Herrgott, Schatzl, was is denn?« klang es mit ängstlicher Frage aus dem Fenster. Und da stand der Loibacher auch schon vor Klara, zog sie in seine Arme und stammelte: »So red doch! Um Gott's willen, was hast denn schon wieder?«

Ein heftiges Zittern überrann den Körper der Kranken. Sie schlug die Augen auf, und ein schwerer, stokkender Atemzug schwellte die Brust. Schmerzlich und hilflos lächelnd, schaute sie den Vater an und sagte mit gebrochener Stimme: »Mußt dich net sorgen ... na ... gwiß net! Grad ein bißl gspürt hab' ich's halt wieder ... weißt, so in mir drin ... wie's halt diemal kommt. Aber es is schon wieder gut!«

Der Alte schüttelte in stummer Verzweiflung den grauen Kopf, und schwere Kümmernis malte sich in seinen furchigen Zügen. Klara lehnte den Kopf an seine Schulter und starrte mit heißen Augen in ziellose Ferne. Dann plötzlich fuhr sie auf, streifte mit einem scheuen, flackernden Blick das Gesicht des Vaters und stammelte in leidenschaftlicher Erregung: »Vaterl, mußt mir net harb sein ... aber seit ich weiß, daß morgen ... schau, Vaterl, von Menschenhilf, da därf ich mir nix mehr hoffen ... aber die heilig Mutter in der Einöd, sagen d' Leut, die soll so gut sein und so gnadenvoll! Vaterl, schau, grad bitten tu ich dich, laß mich morgen Wallfahrt machen zu der heiligen Mutter aussi in d' Einöd! Nachher, mein' ich, nachher könnt' ich leicht noch gsunden! Vaterl, ich bitt' dich, mir hängt die ganze Seel an der Wallfahrt! Laß mich, laß mich morgen aussi in d' Einöd!«

»Wie gern, mein Schatzl, wie gern! Und ich glaub' dir's ja und hätt' auch selber ein richtigs Zutrauen zu der heiligen Mutter«, stotterte der Alte und fuhr sich in ratlosem Kummer mit beiden Händen durch die Haare, »aber schau, wie könnt denn so was möglich sein! Vermagst ja kaum ein paar Schritterln auf deine armen Füß ... und aussi in d' Einöd is woltern ein Weg von fünfthalb Stund! Und ein Wagen ... mein liebs, liebs Madl ... ein Wagen, den vermag ich net!«

Er hatte nicht den Mut, seinem Kind in die angstvoll flehenden Augen zu sehen. Zögernd erhob er sich, nahm mit zitternden Händen das Brettchen von der Erde auf, holte das Schächtelchen aus dem Grase, legte beides auf die Bank und schlich, das Kinn auf die Brust gesenkt, mit müden Schritten in das Haus zu seiner Drehbank. Aber seinen zitternden Händen wollte keine Arbeit mehr geraten. Unter der Willkür des unsicher geführten Eisens verdarb ihm ein Holzstück um das andere. Brütendes Sinnen sprach aus seinen zerstreuten Augen, aus seinen gefurchten Brauen. Und plötzlich warf er das Eisen beiseite, riß die Schürze von den Lenden und stieß die hölzernen Pantoffel von den nackten Füßen. Lautlos eilte er in den Flur, stieß an der niederen Decke die Falltür auf, setzte die Leiter an und bestieg den Bodenraum. Eine Weile kramte er dort oben umeinander, und als er wieder auf der Leiter erschien, zog er eine hohe, schwer und plump gebaute Kraxe hinter sich nach, die er mit seinem ganzen Vorrat an Schachteln und Schächtelchen beladen hatte. Er nahm sich nicht einmal Zeit, die Leiter wieder umzulegen und die Falltür zu schließen. Hastig stellte er die Kraxe auf den Herd, eilte in die Stube, fuhr zugleich mit den Armen in den abgetragenen Spenzer, mit den Füßen in die knolligen Nagelschuhe und riß den mürben Filzhut von der Ofenstange. Beim Verlassen der Stube tauchte er die zitternden Finger in ein irdenes Kesselchen und besprengte sich das Gesicht mit geweihtem Wasser. Unter stockendem Seufzer trat er vor den Herd, legte das tellerförmige Kraxenkissen auf den Kopf, der sich beim Tragen der Kraxe mit dem Rücken in die Last zu teilen hat, bückte sich, zog die dicken Tragriemen über die Schultern und richtete sich auf. Erst verwahrte er noch den Hut auf dem Kopfgesims der Kraxe, dann trat er ins Freie. Da sah er, wie sich Klara hastig mit beiden Händen über die Augen fuhr.

Sie wollte nach ihrer Arbeit greifen, doch als sie den Vater so unerwartet zum Ausgang gerüstet sah, fragte sie erschrocken: »Aber Vaterl, was treibst denn jetzt auf einmal? Heut is ja net Liefertag?«

»Macht nix, Schatzl, macht nix! D' Hauptsach is, daß ich was zum Liefern hab ... und da kann ich ja liefern, wann ich mag.« Zärtlich strich der Alte die schwielige Hand über das weiche, dunkelglänzende Haar des Mädels. »Drum b'hüt dich Gott derweil! Gar z' lang bleib' ich net aus ... und wer weiß, leicht könnt's mir dengerst noch geraten, daß ich dir dein frommen Wunsch erfüllen kann ... wegen der Wallfahrt aussi in d' Einöd!«

Jähe Freude leuchtete aus Klaras Augen, um rasch dem Ausdruck ängstlicher Sorge zu weichen. »Jesus Maria, Vaterl! Das will ich fein gwiß net, daß ...«

Der Loibacher aber hörte nicht mehr auf ihre Worte; mit einem ermutigenden Lächeln nickte er ihr noch einmal zu, während er schon dem schmalen, talwärts führenden Fußpfad folgte.

Nach einem halbstündigen Marsch erreichte er das Dorf und lieferte seine Ware beim ›Verleger‹ ab. Als er mit leerer Kraxe auf die Straße trat, hielt er den kargen Verdienst auf flacher Hand vor sich hin und murmelte trübselig: »O mein Gott, da fehlt's weit! Und völlig auslassen kann ich mich ja dengerst net!«

Im ganzen Dorf wanderte er umher, um eine Fahrgelegenheit für sich und Klara zu erfragen. Aber alle, die zu Wagen das Kirchenfest in der Einöd besuchten, hatten schon vor Stunden das Dorf verlassen. Ebensowenig gelang es ihm, für sich und seine Tochter ein eigenes Gefährt zu mieten; denn da der ehrliche Alte jeder Anfrage gleich die Bemerkung beifügte, daß er vorerst nur einen kleinen Teil des Fuhrlohns bezahlen könnte, wurde er überall, wo er anklopfte, mit Ausreden abgespeist; da waren bald die Pferde von schwerer Arbeit ermüdet, bald waren sie für den anderen Tag schon vergeben, bald hatte das Sattelpferd einen schwärenden Huf, bald wieder das Handpferd einen bösen Husten.

Mit kummervollem, finsterem Gesicht machte sich der Loibacher endlich auf den Heimweg. Doch seltsam – als er sein Haus erreichte, sprach helle Zufriedenheit aus seinen Zügen. Schmunzelnd nickte er seiner Tochter zu, die ihm bang entgegenschaute, und rief sie mit den fröhlich tröstenden Worten an: »No, also, Schatzl, schau, jetzt geht's dir dengerst naus! Alles kostet grad ein Probierer! Bis morgen zur Kirchenzeit bist draußen in der Einöd ... und gelt, da heißt's nachher woltern ein Packl Vaterunser beten zu der heiligen Mutter! Leicht hat s' nachher doch einmal ein Einsehn mit dir, du Hascherl, du arms!« Da wollte ihm das Schmunzeln und Fröhlichtun nicht mehr recht gelingen. »Aber gelt, zeitig schlafen legen mußt dich halt, damit ums Tagwerden wieder munter bist! Denn bis um drei in der Fruh, da steht schon der Wagen vor der Tür, ja, ein ganz kamoder Wagen!«

Klara brachte kein Wort über die Lippen; aber ihre Augen brannten, und krampfhaft hielt sie im Schoß die

Hände verschlungen, als wollte sie mit Gewalt das heftige Zittern überwinden, das ihr vom Nacken aus durch alle Glieder rann.

»Aber geh, Schatzl, was hast denn? Schau, da brauchst dich jetzt wegen gar nix sorgen!« tröstete der Alte und strich dem Mädel mit beiden Händen das dunkle Zaushaar aus der bleichen Stirn. »Denn daß ich dir's nur sag' ... er tut mich gar nix kosten, der Wagen! Ah na, net ein bißl was ... auf Ehr und Seligkeit! Ja, schau, und jetzt richt ich dir gleich dein Süpperl her, daß bald zum Schlafen kommst ... gelt, ja?« Bei diesen Worten zog er schon die Arme aus den Riemen, eilte ins Haus, stellte im Flur die Kraxe nieder und prüfte mit Händen und Augen von allen Seiten ihre Festigkeit. Befriedigt nickte er vor sich hin, trat an den Herd und entfachte mit dürrem Reisig ein loderndes Feuer.

Fern über den Bergen war die Sonne schon gesunken, und eben hallte mit schwebendem Klang das Abendläuten aus dem Tal herauf, als der Loibacher mit schlurfenden Schritten wieder ins Freie trat, eine dampfende Schüssel zwischen den vorgestreckten Händen. Er setzte sich auf die Hausbank, nahm aus der Spenzertasche zwei blecherne Löffel und legte sie in die Schüssel, die zwischen ihm und Klara stand. Erst beteten sie mit halblauter Stimme den Abendsegen, dann aßen sie, langsam und schweigend. Nach kurzer Weile legte Klara den Löffel wieder beiseite.

»Aber geh, so iß doch und laß dir's schmecken! Von dene paar Schüberln kannst freilich kein Kraft net kriegen!« mahnte der Alte.

Schwer atmend schüttelte Klara den Kopf. »Ich dank' schön, Vaterl, ich kann nimmer!«

Der Loibacher aber ließ nicht nach mit Drängen und Bitten. Klara mußte wieder zum Löffel greifen und mithalten, bis der Boden aus der Schüssel guckte. Wieder sprachen sie ein Gebet. Dann erhob sich der Alte. »So! Und jetzt komm, jetzt bring' ich dich schlafen!« Er beugte sich über Klara, die ihre beiden Arme um seinen Nacken schlang, und hob sie mit zärtlicher Sorgfalt empor an seine Brust. Er schien ihre Last kaum zu fühlen, so rasch und sicher trug er sie durch Flur und Stube in die Kammer. Dort ließ er sie auf einen Sessel gleiten, ordnete die Kissen des Lagers und brachte dann das Mädchen zur Ruhe, gleich einem Kinde, das seine Glieder noch nicht zu brauchen weiß.

»No also! Morgen nacher, gelt? Und bet noch ein Vaterunser zum Einstand bei der heiligen Mutter! Und nacher schlafst mir! Und ordentlich! Ich weck' dich schon zur richtigen Zeit. Und jetzt gut Nacht, mein Schatzl, gut Nacht! Und der liebe Herr Christus soll's uns graten lassen, daß du morgen net umsonst auf d' Wallfahrt gehst zu seiner heiligen Mutter!«

Seufzend bekreuzte der Loibacher das Gesicht seines Kindes und verließ die Kammer.

Regungslos lag Klara in den Kissen, hielt die Hände über der Decke gefaltet und starrte in den matten Dämmerschein des kleinen Fensters. Sie hörte, wie der Vater draußen die schweren Schuhe von den Füßen streifte; dann vernahm sie wohl seine Schritte nicht mehr, doch hörte sie bald aus dem Flur, bald aus der Stube gedämpftes Geräusch, das ihr verriet, daß sich der Vater da draußen noch mit irgend etwas zu schaffen machte. Endlich nach geraumer Zeit vernahm sie jenes leise Ächzen, das sie allabendlich hörte, wenn sich der Vater auf sein hartes Lager streckte.

Stunde um Stunde verrann, doch über Klaras Augen senkte sich kein Schlummer. Sie regte sich nicht, denn sie wußte, welch einen leisen Schlaf der Vater hatte; aber sie zitterte am ganzen Leib, als läge sie in brennendem Fieber. Unablässig bewegten sich ihre Lippen in lautlosem Gebet. Manchmal schloß sie für eine Weile die zuckenden Lider, um die Glut ihrer Augen zu kühlen; dann wieder starrte sie hinaus in die finstere Nacht, empor zu dem zitternden Schimmer eines einsamen Sternes, der im Fenster aufgetaucht war, um nach stundenlangem Verweilen hinter dem anderen Mauerrande wieder zu verschwinden. Noch hingen Klaras Augen an der Stelle, an welcher der winkende Schimmer erloschen war, als ein Geräusch in der Stube sie aus ihrem starren Schauen weckte. Der Vater mußte erwacht sein und sich erhoben haben. Sie hörte seine leisen Schritte, und bald auch vernahm sie durch die Wand das Knistern des Herdfeuers, das Krachen des brennenden Holzes.

Schon wandelte sich die Dunkelheit der Nacht zu grauem Zwielicht; da hörte Klara, wie der Vater zur Kammertür kam. Sie stellte sich schlafend und ließ sich von ihm wecken. In der einen Hand ein flackerndes Talglicht, in der anderen eine Schale mit heißer Suppe, so stand er vor ihrem Bett. Er trug sein bestes Gewand, das vor zwanzig Jahren neu gewesen, als er mit seinem seligen Weib zur Kirche gegangen: die dunkelgraue Joppe mit dem grünen Umschlag, die hochrote Latzenweste, den breiten Ledergurt mit dem bunten Zwirnzierat, die graue Kniehose aus grobem Leinenstoff, die weißen, filzigen Halbstrümpfe und das Feiertagshemd mit dem umgelegten Kragen.

Er setzte sich zu Klara auf das Lager, hielt ihr die Schale mit dem Löffel hin. Und während sie aß, fragte er, wie sie sich befände. Klara erwiderte, was der Vater in seiner Sorge zu hören hoffte. »No schau, da rührt sich leicht die heilige Mutter schon, weil's dir gar so gutgeht heut!« sagte er mit einem erleichternden Seufzer; dann richtete er Klara aus den Kissen empor und legte ihr das Gewand zurecht: den schwarzen Faltenrock mit der schillernden Seidenschürze, das braune Leibchen, das geblumte Brusttuch mit den langen Fransen und das schwarzseidene Kopftuch. »So, da hast deine Sachen beinander, und wenn nacher fertig bist, kann's gleich dahingehn. Der Wagen steht schon draußen.«

»Der Wagen is schon da? Ich hab' aber gar nix ghört, daß er kommen is!«

»Natürlich net, Dapperl, wann gschlafen hast! Aber gwiß wahr, grad gerumpelt hat er!« versicherte der Loibacher, wobei ein leises Schmunzeln um seine Lippen zuckte. Er trat an das Fenster, wischte mit der Hand über die Scheiben und schaute forschend in den ergrauenden Morgen hinaus.

»Vaterl, jetzt bin ich grecht!« So rief ihn das Mädel nach einer Weile mit bebender Stimme an.

»Na also, so komm, mein Schatzl! Und die heilige Mutter soll dir d' Wallfahrt segnen!« Bei diesen Worten hob der Loibacher sein Kind mit beiden Armen empor und trug es durch Stube und Flur ins Freie.

»Vaterl? Ich sieh ja kein Wagen net?«

»Aber geh, und da steht er ja grad vor deiner!« lächelte der Alte und ging auf die Kraxe zu, die neben der Hausbank auf der Erde stand.

»Jesses, na, Vaterl, na, na! Das därf net sein! Das laß ich net zu!« schrie Klara erschrocken. Denn nun begriff sie, was der Vater meinte und wollte. »Na, na, das könnt' ich mir in mei'm Leben net verzeihen!«

»Geh, was is denn jetzt da so bsonders dran? Wann ich im Frühjahr und Herbst meine Zirbenblöck vom Berg abitrag, da geht's nie unter zwei Zentner ab. Und da soll mir nacher mein Buckel z' wehleidig sein, wann ich dir ein frommen Wunsch erfüllen kann, und wann's dein Gsundheit gilt? Ah na, mein Schatzl! Und schau, grad ein bißl wann mich liebhast, nachher laßt mir mein Willen und bist mir auch weiter net harb drum, daß ich dir kein kamodern Wagen net schaffen kann.« Dem Loibacher schwankte die Stimme.

Unter Schluchzen und Stammeln wehrte sich Klara mit zitternden Händen; der Loibacher hörte aber nicht auf ihre Worte, sondern ließ sie mit zärtlicher Sorgfalt auf den Sockel der Kraxe niedergleiten, den er mit dem Kopfpolster und der Decke seines Lagers überbunden und so in einen weichen, bequemen Sitz verwandelt hatte. Dann breitete er seinen Wettermantel über Klaras Schoß und schlang ein geschmeidiges Seil um ihre

Füße und Hüften. »So, gelt, Schatzerl … ich mein', so könnt's dir taugen? Ja, weißt, und da brauchst jetzt bloß noch dein Armerl herlegen übers obere Brettl, nacher kannst im schönsten Polsterstuhl net besser und sicherer sitzen!« Mit einem ermunternden Lächeln nickte er dem Mädel zu und eilte davon, um das Haus zuzusperren.

»Vaterl, Vaterl, laß mich daheim, ich bitt' dich um Tausendgottswillen!« flehte Klara mit erstickter Stimme. »Ich gspür's in mir, daß ich eine Sünd tu, eine fürchtige Sünd, wann ich so was zulassen möcht! Du weißt net, Vaterl … du weißt net …«

»Das, ja, das weiß ich, daß mich jetzt bald verzürnen kannst!« unterbrach sie der Alte. »Was is denn jetzt da dran, an dem bißl Tragen? Mein Buckl is hart, und ich tät ja mein Herzblut geben, wenn's dir was taugen könnt in deiner Mühsal.« Mit zitternden Händen schob er Klaras Krücke zwischen die Kraxenstützen, legte den Filzhut über das Kopfgesims, und während er sich auf die Knie niederließ, zog er die Tragriemen über die Schultern und tauchte den Kopf mit dem Kraxenkissen gegen das harte Brett. Die Linke preßte er auf die Hausbank und griff mit der Rechten nach dem bereitliegenden derben Hakenstock. »No also, in Gott's Namen, packen wir's halt an!« sagte er und stemmte sich langsam in die Höhe.

Bei diesem schwankenden Steigen schien es wie ein Schwindel über Klara zu kommen, und während ihr das Haupt in den Nacken sank, bedeckte sie mit beiden Händen das Gesicht.

Schweren Schrittes stieg der Loibacher mit seiner Last zur Straße hinunter, folgte ihr eine Weile und lenkte dann auf einen schmalen Fußpfad ein. Nun ging es langsam bergan durch den steilen Bergwald, zwischen dessen Ästen bei Vogelsang die ersten Strahlen der steigenden Sonne blitzten. In rastlosem, gleichmäßigem Gange setzte der Alte Fuß vor Fuß. Dunkle Röte deckte sein Gesicht, an Stirn und Schläfen schwollen ihm die Adern zu dicken, bläulichen Striemen, in schweren Tropfen rann ihm der Schweiß über Hals und Wangen – doch keinen Seufzer, kaum einen tieferen Atemzug ließ er vernehmen.

Ehe der Loibacher noch eine halbe Stunde Weges zurückgelegt hatte, bat und mahnte Klara schon: »Vaterl, aber geh, magst denn net ein bißl rasten?«

»Jetzt schon? Ja was fallt dir denn ein? Müßt mich ja schamen!« lachte der Alte. Aber die Lippen zuckten ihm bei diesem Lachen.

Klara schwieg; doch schon nach kurzer Zeit fragte sie wieder: »Vaterl, sag, bist denn net müd?«

»Na, mein Schatzl, gar net ein bißl!« versicherte der Loibacher und stützte sich schwerer auf seinen Hakenstock. Denn ihm begannen vor Erschöpfung schon die Knie zu zittern.

So wiederholte sich Frage und Antwort immer aufs neue, bis nach zweistündigem Anstieg eine von schütterem Lärchenwald umgrenzte Almenlichtung erreicht war. Hier endlich ließ sich der Loibacher nieder. »Aber mußt net glauben, ich tu's, weil ich müd bin«, sagte er, »ah na ... bloß daß einmal zfrieden bist und daß *du* ein bißl rasten kannst. Aber schau, d' Hauptsach is ja schon überstanden! Ein Stünderl noch, und 's Steigen hat ein End! Die anderthalb Stünderl bergab, das is ja nachher 's reine Kindergspiel.«

Bei diesen Worten löste er die Seilverschnürung, hob Klara von der Kraxe in das weiche, blumige Gras und setzte sich an ihre Seite.

Mit feuchten Augen schaute sie in sein erschöpftes Gesicht, und während sie ihm mit ihrem Tüchlein den Schweiß von Stirn und Wangen trocknete, stammelte sie: »Jetzt, Vaterl, jetzt weiß ich's, daß die heutige Wallfahrt net umsonst sein kann. Dir z'lieb, Vaterl, schon *dir* z'lieb muß mich die heilig Mutter gsunden lassen.«

»Was redst denn jetzt da daher!« schmunzelte der Loibacher. »Meinst leicht, die heilig Mutter braucht lang auf so ein alten Schnackler z' denken, wie ich einer bin? Ah na! Aber dich wann s' erst einmal gsehen hat ... da paß auf! Da wird s' nachher gleich bei der Hand sein mit ihrer Gnad und Hilf ... gschwinder, als dir's vermeinst.«

Klara seufzte tief und nickte unter trübem Lächeln vor sich hin. Dann begann sie die Blumen, die im Bereich ihrer Arme standen, in ihren Schoß zu sammeln. Mit Hilfe einiger Fäden, die sie aus dem mürben Saum des Wettermantels zog, wand sie die Blumen zu einem kleinen Kranz, den sie über die Gabel der Krücke hängte. Fragend schaute der Vater auf, und da wandte sie das matt errötende Gesicht zur Seite, unter den flüsternden Worten: »Ganz leer kann ich ja dengerst net zur heiligen Mutter kommen.«

Der Loibacher nickte; auf seiner Stirn vertieften sich die Furchen, unstet blickten seine Augen, und um seine schmalen Lippen legte sich ein herber, schmerzlicher Zug.

»Auf meine paar Groschen wird die heilig Mutter wohl kein Anspruch machen?«

Nun saßen sie und sprachen kein Wort mehr, bis der Loibacher sich erhob und zum Aufbruch mahnte. »Weißt, er zieht sich halt doch noch woltern, der Weg«, sagte er, »und ich möcht' dengerst mit dir ein Zeitl vor'm Hochamt in der Kirchen sein, damit net grad mitten eini kommst in das Drucken und Schieben von die Leut.«

Wieder hob er das Mädel auf die Kraxe, verschnürte das Seil, ließ sich auf die Knie nieder und stemmte sich mit seiner Last in die Höhe.

Langsamen Schrittes stieg er weiter bergan auf dem schmalen und steilen Pfade.

Bald gelangte er aus dem Wald auf die offene Felsenhöhe.

Da tauchte vor Klaras Augen in leuchtender Herrlichkeit die weite Kette der Berge auf, die sich jenseits der von grauem Morgenschatten noch erfüllten Täler emporbauten in die blauen Lüfte.

Ein Zittern überkam ihren Körper, während sie starr hinüberschaute in jene sonnige Weite. Der silberne Glanz der Ferner, durch deren weißen Schnee an manchen Stellen das Gletschereis seine bläulichen Buckel schob, blendete fast ihre Augen. Scharf hoben sich die Konturen der einzelnen Felsgebilde aus dem verschieden getönten Steingrund. Die langgestreckten, dunkelgrünen Latschenfelder waren so grell beleuchtet, daß Klara jeden Busch unterscheiden zu können meinte. Und dort, wo diese Felder über einen schief abfallenden Bergrücken sich in ein tiefes Felsental hineinkrümmten, gewahrte sie deutlich eine dünne, weiße, bald verschwindende, bald wieder auftauchende Zickzacklinie. Das war ein Almensteig. Wie gut sie den kannte! Es war ja der letzte Weg, den sie mit eigenen Füßen gegangen, der Weg, auf dem sie hineingeschritten war in jene grauenvolle Nacht.

Mit zögernden Augen verfolgte sie jene weiße Linie talwärts und fand das lichtgrüne Almenfeld, auf dem einst ihre Herde mit läutenden Glocken geweidet hatte. Die Sennhütte konnte sie nicht gewahren, aber sie kannte die Stelle so genau, daß sie das kleine trauliche Blockhaus wirklich zu sehen meinte. Und da war es ihr, als stünde sie wieder zwischen den rauchgebräunten Wänden, als flackerte vor ihr auf dem Herd das lustige Feuer, als klänge von draußen das Läuten und Brüllen der Rinder – und nun mit einemmal jener rasche, kräftige Schritt, den sie niemals noch gehört, der sie unwillkürlich aufblicken machte von der Pfanne, in der ihr bescheidenes Abendmahl brodelte. Wieder sah sie den Burschen auf der Schwelle stehen, die Holzaxt über der Schulter; wieder wie damals maß sie mit den Augen die schlanke, stramme Gestalt, sah das wohlgefällige Lächeln in seinem hübschen, braunen Gesicht und sah die staunenden Blicke, mit denen er sie betrachtete. Sein keckes, lustiges Wesen, sein munter scherzendes Geplauder, sein helles Lachen, seine fröhlichen Lieder, das alles hatte ihr so wohl gefallen, gleich am ersten Abend. Und immer wieder war er gekommen. Er war aus einem Dorfe, das der mächtige Bergstock, auf dem ihr Almfeld lag, von dem ihren trennte. Sein Vater war ein reicher Bauer, der ausgedehnte Waldungen besaß. In diesen Wäldern war der Sohn auf Arbeit, und dabei hauste er den ganzen Sommer über mit einem Knecht in dem Holzerhaus, das kaum eine Wegstunde von ihrer Sennhütte entfernt lag. Eine Wegstunde, das ist in den Bergen ein Katzensprung. Und was braucht es dort oben noch schmeichelnder Worte und heißer Blicke – die mächtigste Verführerin ist jene stille, träumerische, Verlangen und Sehnsucht zeugende Einsamkeit zwischen starren Felsen und rauschenden Wäldern. Klara war schon sein eigen, noch ehe sie wußte, wie alles gekommen und geschehen. Nichts anderem fragte sie nach, als der abendlichen Stunde, die ihn zu ihrer Hütte führte. In heißer, dürstender Liebe hing sie an ihm, wie der Efeu an dem Stamm, den er mit all seinen Ranken umschlingt. Wie im Traum verging ihr Tag um Tag, der ganze Sommer, in heimlichem Gück und stillen Freuden. Dann freilich kam ihr das Erwachen, nicht in Reue, aber doch in Scham und Sorge. Aber wenn er in die Hütte trat, zeigte sie ihm ein lächelndes, glückseliges Gesicht. Sie vermochte es nicht über sich zu bringen, seine sorglos genießende Freude zu stören. Von einem Tag auf den andern verschob sie das Geständnis, das ihr schwer und brennend auf der Seele lastete.

So kam die letzte Septemberwoche, die letzte Woche

ihrer Almenzeit. Stürmisches Regenwetter war eingefallen und hatte ihn zwei Tage von ihrer Hütte ferngehalten. Als es dann am vorletzten Abend vor ihrer Heimfahrt trotz strömenden Regens wiederkam, klammerte sie sich in Freude an seinen Hals. Am anderen Morgen saßen sie bei der dampfenden Pfanne und aßen zusammen. Ihm schmeckte die Speise so gut, die sie ihm bereitet hatte; sie selbst aber brachte kaum einen Bissen über die Lippen. Lachend fragte er sie, weshalb sie nicht besser zugriffe. Da brach sie in Schluchzen aus und bekannte ihm, wie es um sie stünde. Sein verlegenes Gesicht und sein hilfloses Lächeln taten ihr in der Seele weh; aber sie schalt sich selbst um der Zweifel willen, die jählings in ihrem Herzen auftauchten; lieben und glauben, das waren für sie zwei Worte, die unvertrennbar zusammengehörten. Sie verlangte kein Versprechen, keinen Schwur von ihm. Aus freien Stücken versprach er ihr alles, was er in solcher Stunde nur versprechen konnte.

Lange saßen sie schweigend. Dann hatte sie eine Bitte an ihn. Es waren seit dem vorletzten Tage zwei Kälber von ihrer Herde abgängig. Am verwichenen Abend hatte sie die Glocken der beiden Tiere von einer steilen Felsenhöhe gehört; sie mochten sich dort oben wohl verstiegen haben. Nun wollte sie am Nachmittag die Verlorenen suchen und bat ihn, ihr dabei behilflich zu sein. Er versprach es ihr und zeigte sich beleidigt, als sie schüchtern die Befürchtung äußerte, ob ihn nicht doch das üble Wetter vom Kommen abhalten würde. Mit zärtlichen Worten beruhigte sie den Gekränkten, und er vergab ihr auch, küßte sie noch einmal unter heiligen Schwüren und verließ die Hütte.

Klara hörte seinen Schritt verhallen, und da war es ihr plötzlich, als bräche ihr das Herz entzwei. Lange noch saß sie regungslos am Herd; eintönig klatschte der Regen über das Dach, und pfeifend fuhr der rauhe, kalte Wind durch alle Fugen des Gebälkes. Endlich erhob sie sich und ging wie im Traum ihrer Arbeit nach. Gegen vier Uhr nachmittags versperrte sie die Hütte und machte sich auf den Weg.

Wohl eine Stunde hatte sie zu steigen, um die Stelle zu erreichen, wo er mit ihr zusammentreffen wollte. Sie fand ihn nicht, als sie den Platz erreichte, und ihre Rufe blieben ohne Antwort. Um zu warten, kauerte sie sich auf einen nassen Felsblock. Der Regen hatte nachgelassen, aber der Wind war noch ungestümer und kälter geworden. Blasse Nebel flatterten in wilder Eile über das triefende Gestein. Tiefer und tiefer senkte sich das Gewölk, und während sich eine seltsame Dunkelheit über alle Berge lagerte, nahmen die bleischweren Wolken eine fahle gelbliche Färbung an. Klara wußte, was diese Wolken verkündeten: Schnee oder Hagel.

Dennoch blieb sie und harrte. Schon fielen die ersten Flocken, und immer noch ließ sich kein Schritt, kein Ruf vernehmen. Eine beängstigende Sorge beschlich ihr Herz, nicht um des drohenden Wetters willen – nur seinetwegen. Weshalb nur kam er nicht, nachdem er es doch so fest versprochen hatte? Vielleicht war er vom rechten Wege abgeraten, vielleicht war ihm ein Unfall zugestoßen, oder er war erkrankt? Mit brennenden

Augen starrte sie über den Berghang nieder, doch die wirbelnden Flocken wehrten ihr den Ausblick. Schon lag der Schnee in weißer Decke über Moos und Steinen, über ihrem Schoß und ihren Schultern. Fauchend umfuhr sie der Wind und trieb ihr die starrende Kälte durch das dünne Gewand in alle Glieder. Da plötzlich meinte sie von dem höheren Felsenhang die Glocken der beiden Kälber zu hören. Erschrocken dachte sie ihrer Pflicht und mühte sich über das beschneite Gestein empor. Mit gellender Stimme schrie sie die Namen der Tiere in den sausenden Wind, in das Wirbeln und Jagen der handgroß fallenden Flocken. Gewaltsam kämpfte sie sich durch die dicht vernetzten Latschenfelder, die ihr den Weg versperrten. Die schlagenden Zweige überschütteten sie mit schwerem Schnee und zerrissen ihr Hände und Gesicht. Das kalte Wasser rann ihr über Brust und Rücken, und in klatschender Nässe wirrten sich die Röcke um ihre Füße. Schauer um Schauer rüttelte ihren Leib, aber nun dachte sie nicht mehr an sich, nur noch an die beiden bedrohten Tiere.

Höher und höher stieg sie, keuchend und frierend. Die Stimme begann ihr zu versagen, ihre Blicke durchdrangen kaum mehr das weiße Gewirbel der Flocken, und an manchen Stellen versank sie schon bis über die Knie in den eiskalten, klebrigen Schnee. Oft glitt sie jählings über einen niederen Hang, dann wieder brach sie mit den Füßen in eine verschneite Schrunde. Mühsam und stöhnend raffte sie sich auf und mühte sich weiter, bis sie plötzlich gewahrte, wie das Gestöber und der liegende Schnee das lichte Weiß verloren, und wie das dunkle Braun der steilen Wände und die Farbe der Latschen in ein trübes Grau verschwammen, als hätte sich ein dicker Schleier darübergebreitet.

Da zuckte in ihren wirren Sinnen die Erkenntnis der Gefahr auf, in der sie sich befand, und eisige Todesangst umschnürte ihr das Herz. »Jesus Maria, der Nebel ... und d' Nacht!« Mit verzweifelten Blicken starrte sie um sich, schlug die Hände an die Schläfe und stürzte in wahnsinniger Eile talwärts, während der Sturmwind ihre klatschenden Röcke peitschte und ihre gelösten Haare zauste. Eine mauerhohe Schneewehe versperrte ihr den Weg. Sie suchte sich hindurchzukämpfen – vergebens. Bis an die Schultern versank sie in der grauen, eisigen Masse. Kaum vermochte sie sich zu befreien. Wieder mühte sie sich bergan, und fast bei jedem Schritte stürzend, überquerte sie einen steilen Hang. Als sie sich aufs neue talwärts wandte, verirrte sie sich in wirres Latschengestrüpp. Mit dem Aufgebot all ihrer Kräfte schlug sie sich durch die zähen Zweige und befand sich am Rande steil abfallender Felsen. Es gebrach ihr an Kraft und Mut, noch einmal den Rückweg anzutreten. Dazu verschleierte ihr die sinkende Nacht und das Gestöber die Tiefe des Absturzes. So drückte sie die Augen zu und sprang.

Ein stechender Schmerz durchfuhr bei dem heftigen Aufprall ihre Glieder, und die Sinne drohten ihr zu vergehen. Aber die Todesangst trieb sie wieder empor auf die zitternden Füße, und während sie mit Gleiten, Stürzen und Springen sich talwärts kämpfte, begann sie zu beten, die letzte Reue, das Gebet in der Todesstunde –

und zwischen den lallenden Worten der Gebete schrie sie mit gellender Stimme in Sturm und Nacht hinaus nur immer den einen Namen: »Alois – Alois – Alois!« Bald aber versagten ihr vor Erschöpfung die Worte, und lähmend legte sich über ihre letzten Kräfte die bluterstarrende Ahnung, daß all ihre wahnsinnige Mühe vergebens, daß die nächste Stunde ihre letzte wäre. Erfrieren! Erstarren und ersticken im eisigen Schnee! Fern von ihm, der ihr alles war, fern vom Vater, ohne Wegzehrung und Tröstung Gottes, mit der lebendig gewordenen Sünde unter ihrem Herzen.

Stöhnend brach sie zusammen, und in ihr grausiges Geschick sich ergebend, raffte sie das Gewand über das Haupt und preßte die Arme vor das Gesicht. Dann wieder sprang sie auf mit zitterndem Schrei. Es hatte der Sturmwind dumpfe Laute an ihr Ohr getragen – das wilde, zornige Gebrüll ihrer Rinder, die wohl in dichtgedrängter Schar die versperrte Hütte umstanden, da sie auf dem hoch beschneiten Grunde weder Lager noch Äsung fanden. Ein Schimmer von Hoffnung blitzte in ihr auf: ihre Hütte konnte nicht mehr allzu ferne sein. Zitternd richtete sie sich empor, aber nach wenigen wankenden Schritten versagten ihr jählings wieder die Kräfte, ein schneidendes Weh durchfuhr ihren Leib, wimmernd stürzte sie in den Schnee und wand sich in Pein und Schmerzen. Das Grausen und die Schrecken der durchlebten Stunden hatten das winzige Leben getötet, das unter ihrem Herzen keimte.

Erschauernd wandte Klara die starren, fieberglänzenden Augen von den sonnigen Bergen, als vermöchte sie, wenn sie den Anblick jener Ferne floh, auch den bösen Bildern zu entfliehen, die sie verfolgten. Aber sie konnte sich ihrer Gedanken nicht erwehren, und während sie das blasse Gesicht mit den schmerzdurchzitterten Zügen niederneigte auf die Brust, versank sie tiefer noch in die Erinnerung all des Vergangenen. Sie hörte den müden, stockenden Seufzer nicht, mit dem der Vater, als er die Paßhöhe erreichte, im Stehen für kurze Sekunden rastete. Sie merkte des Weges nicht, auf dem er sie mit achtsam tastenden Schritten talwärts trug. Und sie sah nicht, wie langsam steigendes Gewölk den blauen Himmel und die Sonne verschleierte und graue Schatten über Tal und Höhen warf. Ihre Augen schauten nur in ihr Inneres und zurück in die vergangene Zeit. Auch daran dachte sie, was sie erst nach langen Tagen aus anderem Mund erfahren hatte: wie der Vater und die Knechte des Almbauern sie gefunden. Wochen und Wochen hindurch lag sie zwischen Tod und Leben. Mit aufopfernder Tätigkeit pflegte sie der Vater, und auch der alte Dorfarzt tat sein möglichstes. Lange Stunden oft saß der alte Herr vor ihrem Lager, kopfschüttelnd und mit verdrießlicher Miene. Er verstand die Krankheit des Mädels nicht, denn Klara hatte das bitterste Weh jener Unglücksnacht nicht nur dem Vater, auch dem Arzte verschwiegen. Das Fieber schwand, das klare Bewußtsein kehrte ihr wieder, aber der Winter verging, und statt der erhofften Genesung brachte ihr der Frühling nur ein immer gleiches, schmerzvolles Siechtum. Ihr Körper blieb von einer teilweisen Lähmung befallen, und in ihrer Brust hatte sich ein schleichendes Übel eingenistet. Mit stiller Geduld ertrug sie ihr Leiden. Nie hörte der Vater von ihr eine Klage. Oft aber, wenn er von irgendeinem Gange zurückkehrte, oder wenn sie tagsüber einige Stunden geschlafen hatte, schaute sie mit bangen, heißen Augen zu ihm auf und fragte leise: »Vaterl, sag, hat niemand net gfragt nach mir?« Freilich, freilich, alle Leute fragten nach ihr, sie war ja wohlgelitten im ganzen Dorf. Solche Antwort aber genügte ihr nicht. Namen um Namen mußte der Vater herzählen, und wenn er damit zu Ende war, ließ sie unter stockendem Seufzer das blasse Haupt zurücksinken in die Kissen und starrte mit irren Augen zur Decke empor, während tiefschmerzliche Enttäuschung sich in ihren welken Zügen malte. Seltener und seltener stellte sie an den Vater diese Frage. Aber immer noch empfing sie ihn, wenn er von einem Dorfgang zurückkehrte, mit jenem bangen, stumm fragenden Blick. Und sooft er auch nach Hause kehren mochte, ohne ihr die ersehnte Antwort auf diese wortlos flehende Frage zu bringen, dennoch verließ sie die Hoffnung nicht, daß einst der Tag noch kommen müßte, der ihrem Glauben und ihrer Liebe recht geben würde vor ihrem martervollen Fürchten und Zweifeln.

Und nun, so wähnte sie, nun endlich war er gekommen, dieser lang- und heißersehnte Tag.

Fernes Stimmengewirr und ein dumpfes Lärmen schreckten sie aus ihrem Sinnen auf. Das Ziel ihrer Wallfahrt, die Einöd, war erreicht. Jähe Röte huschte über Klaras Wangen, und ein heftiges Zittern befiel ihren Körper, während sie mit brennenden Augen niederschaute in das schmale Tal, darin inmitten des dichten Waldes ein freier Plan sich zeigte, auf dem nur drei Gebäude sich erhoben: die kleine Kirche mit der von Büschen und Bäumen besetzten Umfriedung, der Kaplanhof und das Wirtshaus. Rings um den Waldsaum aber zog sich die lange Reihe der Buden, die teils mit gelblich leuchtenden Brettern, teils mit weiß schimmernden Blachen überdacht waren. Zwischen ihnen und jenen Gebäuden wimmelten Hunderte von Menschen durcheinander, deren lautes, lebendiges Treiben eher vermuten ließ, als wären sie zu einer lustigen Kirchweih, nicht zu einem frommen Fest der heiligen Mutter gekommen. Als der Loibacher den ebenen Waldgrund betrat, sah er überall Gruppen von Burschen und Weibsleuten, die mit vollen Krügen und Tellern lachend und schwatzend unter den Bäumen lagen. Die Menschen, die ihm begegneten, wichen scheu zur Seite und betrachteten bald neugierig, bald teilnahmsvoll den Alten und seine schwankende Last; Leute aus seinem Dorfe sprachen ihn freundlich an und boten auch wohl mit herzlichem Trost dem blassen, kranken Mädel die Hand hinauf. So erreichte der Loibacher den offenen Platz; da blieb er stehen, schaute finster in das lustige Gewühl und wandte sich kopfschüttelnd seitwärts zwischen die Bäume. Von der Waldseite betrat er den Kirchhof. Hier sah er auf den im Gebüsch zerstreuten Stein- und Rasenbänken manch einen Einsamen kauern, dem ein schweres Leiden aus den müden, traurigen Zügen sprach. Kam er an solch einem vorüber, so wechselten die beiden mit stummem Nicken einen Blick, als hätten sie sagen wollen: »Gelt, wir zwei, wir wissen, weswegen wir da sind?«

Vor einer Steinbank, die in die Kirchenmauer eingelassen und von dichtem Buschwerk fast ganz umzogen war, stellte er die Kraxe zu Boden. Tief atmete er auf, reckte die Arme, drehte die Schultern und sagte mit einem Lächeln, das ihm nicht recht gelingen wollte. »No also, schau, jetzt sind wir ja da!« Und während er sich neigte, um die Seilverschnürung zu lösen, fragte er in zärtlicher Besorgnis: »Wie is dir denn? Ich mein', du mußt es schon gspüren, daß die heilig Mutter nimmer gar weit is!«

In wortloser Bewegung ergriff und drückte Klara seine zitternden Hände.

»Sorg dich net, Schatzl, ah na, mußt dich net sorgen!« stammelte er, wobei ihm der Schweiß in dicken Tropfen über die vor Erschöpfung blassen Wangen rann. »Wirst es schon sehen, ich hab' den Glauben zu der heiligen Mutter, die wird schon wissen, wie s' alles recht macht!«

Nun hob er Klara von der Kraxe auf die Steinbank, über die er den Wettermantel gebreitet hatte. Die Krükke mit dem Kränzlein lehnte er an die Mauer und verbarg die Kraxe im Gebüsch. Dann setzte er sich an Klaras Seite, brachte ein kleines Bündel aus der Joppentasche, und während er das weiße Tüchlein, welches Schwarzbrot und kaltes Fleisch enthielt, aufknüpfte und über den Schoß des Mädels breitete, sagte er: »Da schau, da hab' ich ein bißl was mitgenommen von daheim, grad für 'n ersten Hunger. Nach der Kirchen, weißt, da schau ich schon, daß du was Bessers kriegst. Geh, komm, iß jetzt ein bißl!«

Er brach das Brot, zerschnitt das Fleisch in kleine Stücke und schob dem Mädel die besten Bissen auf der Messerspitze zwischen die Lippen.

Als das Tüchlein leer war, faltete er es zusammen, schob es in die Tasche und erhob sich. »Jetzt schau' ich mich einmal in der Kirchen um ein gutes Platzl um, gelt? Und weißt, mit der heiligen Mutter will ich schon auch ein bißl reden derweil!« Seufzend griff er nach der Krücke und dem Kränzlein, nickte seinem Kinde mit ermutigendem Lächeln zu und entfernte sich zögernden Schrittes. Vor der Kirchentür nahm er den Hut vom Kopf und strich sich die grauen Haare glatt. Ein Zittern befiel ihn, als er aus dem hellen, warmen Tag in die kühle Dämmerung der Kirche trat. Nur wenige Beter saßen und knieten in den braunen Stühlen. Die sonst so ärmliche Kirche trug ein festliches Gewand. Mit roten Tüchern waren die Altäre und die Wände bekleidet. Schwere Girlanden, aus deren dunkelgrünen Fichtenzweigen weiße und rote Papierblumen leuchteten, hingen von der Kuppel nieder und durchzogen nach allen Richtungen das Schiff. Der Hauptaltar verschwand fast unter blühenden Oleanderbäumen. Ihm zur Rechten zeigte sich eine kapellenartige Nische, deren Eingang mit einem Bogenbau von Fuchsien-, Nelken- und Rosenstöcken geschmückt war; aus ihren Blättern und Blüten leuchtete ein Kranz buntfarbiger Kugellampen, deren flimmernder Schein das Innere der Nische mit einem geheimnisvollen Licht erfüllte. Bis unter die blaubemalte, mit goldenen Sternen besetzte Kuppel war hier die Mauer bedeckt von Votivtäfelchen, deren grelle, kindliche Malereien mit ihren eckigen, steifen Inschriften ein seltsames Mosaik bildeten. Mit zahllosen kleinen Füßen, Armen, Händen, Herzen, Kühen und Pferden aus Wachs und dünnem Silber war das tischhohe Postament behängt, auf dem das wundertätige Muttergottesbild thronte, in starrem Brokatgewand, eine glitzernde Flitterkrone über dem vor Alter fast schwarzen Gesicht, das nackte Jesuskindlein auf den ausgestreckten Händen.

Drei Stufen führten zu dem Postament empor, und auf der untersten Stufen kniete der Loibacher und hielt unter inbrünstigem Gebet die Krücke mit dem Kränzlein an seine Brust gedrückt. Nun erhob er sich, trat mit frommer Scheu auf die oberste Stufen, und während er Kränzlein und Krücke dem Muttergottesbild zu Füßen legte, sprach er: »O du gute, o du heilige Mutter du, gelt, sei fein gscheit ... und daß d' mir an mein Madl denkst! Da schau, das Kranzerl hat s' dir selber gmacht! Und den Stecken da ... weißt, mußt halt schauen, daß 's Madl kein andern nimmer braucht!«

Dann fuhr er sich mit dem Ärmel über das von Schweißperlen glitzernde Gesicht, bekreuzte sich im Rückwärtsschreiten und taumelte aus der Kirche. Als er ins Freie trat, reckte er sich tiefatmend auf und eilte zu seinem Kinde. »Komm, Schatzl, so komm halt!« stotterte er, hob das Mädel auf seine Arme und trug es in die Kirche, geraden Weges vor das Muttergottesbild. Hier stand er und fühlte, wie Klaras Arm sich fester und fester um seinen Nacken schlang, und wie sie zitterte am ganzen Körper, während sie mit heißen, flehenden Blicken aufwärts starrte zu dem heiligen Bilde.

Da ging ein dumpfes Dröhnen durch den Kirchenraum – es begannen die Glocken zu läuten, die zum Hochamt riefen.

Während der Loibacher für sich und Klara einen Platz im Seitenschiff der Kirche suchte, strömten schon die Wallfahrer in dicht gedrängten Gruppen durch das enge Tor. Bald war die Kirche bis auf den letzten Platz gefüllt. Auf den Altären wurden die Kerzen entzündet, unter gellendem Klingeln traten die Priester aus der Sakristei, die Orgel rauschte, eine verworrene Musik ertönte, und schwerer Weihrauchduft erfüllte den dämmerigen Raum.

An der Seite ihres Vaters, der betend auf den Knien lag, saß Klara regungslos im Stuhl. Sie hatte die Hände im Schoß gefaltet. Ihr blasses Gesicht war tief geneigt, mit halbgeschlossenen Augen, als hätte sie nicht den Mut, einen Blick auf die Menschen zu werfen, die sie umringten. Wie Schauer ging es manchmal über ihr Haupt und über ihre Schultern, und dann hob und senkte sich unter schweren Atemzügen ihre Brust.

Das Hochamt war zu Ende, und eine drängende Bewegung kam in die Menge. Die Leute polterten aus den Stühlen, ihre Schritte klapperten über die Steinplatten, und ein Flüstern ging durch den Kirchenraum.

Zögernd hob Klara das Gesicht. Ihre fahlen Züge bebten in Erregung. Die blassen Lippen standen offen, als wäre der Atem auf ihnen erstarrt. Bang irrten ihre

Augen über die Gesichter der Menschen, die an ihr vorüberdrängten. Plötzlich zuckte sie zusammen, und heftiges Zittern befiel ihre Hände. Dort – dort kam er! Hart an ihrem Platze mußte er vorüber. Und wie leicht erkannte sie ihn – wie wenig hatte er sich verändert! Genauso wie damals, als er zum erstenmal ihre Hütte betreten hatte, genauso sah er aus. Das war der gleiche kecke Blick, die gleiche übermütige Haltung des hübschen Kopfes. Und der grauhaarige Mann an seiner linken Seite, das mußte sein Vater sein; sie erkannte ihn an der Ähnlichkeit, trotz der kalten Härte, zu der die weichen Züge des Sohnes im Gesicht des Vaters erstarrt schienen. Wer aber war die bunt aufgeputzte Dirn mit den strotzenden Formen und dem derben, roten Gesicht, die er an seiner Rechten führte? Seine Schwester? Sie wußte, daß er eine Schwester hatte. Wohl entdeckte sie an diesen beiden keinen Schimmer von Ähnlichkeit. Wer sonst aber konnte dieses Mädel sein, wenn nicht seine Schwester? Und nun neigte er sich zu ihr nieder, flüsterte ihr lächelnd einige Worte ins Ohr, und die Dirn nickte ihm schmunzelnd eine stumme Antwort zu. Kichernd drückte er den Kopf in den Nacken – und da kreuzten sich seine Blicke mit Klaras Augen. Es war ein Blick von unsagbarem Ausdruck, mit dem sie zu ihm aufschaute. Dieser einzige Blick mußte ihm alles bekennen, was sie gelitten und erduldet, was ihr Herz an Weh und Sehnsucht erfüllte. Bis in den Hals erblaßte er vor diesem Blick. Das aber konnte Klara nicht mehr gewahren, denn die nachdrängenden Menschen hatten ihn schon an ihr vorübergeschoben.

Ein träumerischer Glanz erwachte in ihren Augen, und ihren Mund umkräuselte ein leises, glückliches Lächeln, während sie die zitternden Hände auf den Busen preßte, als wollte sie das ungestüme Pochen ihres Herzens beruhigen. Nun hatte er sie gesehen – und da wußte sie, daß er sie suchen und finden würde.

Jetzt kehrte sich der Vater nach ihr um und sah ihr staunend ins Gesicht. »Wie is dir denn, Schatzl? Sag, wie is dir denn jetzt?«

»Besser, Vaterl, woltern schon besser!«

In den Zügen des Alten blitzte die helle Freude. »No, schau, gelt, ich hab's ja gsagt! Ja, die heilig Mutter, das is halt eine! Die kennt's fein gleich, wo 's Helfen anbracht is. Aber komm, jetzt sag ihr nur gleich ein richtigs Vergelt's Gott!« Unter Tränen hob er Klara auf seine Arme und trug sie durch die verwundert vor ihm beiseite weichenden Leute vor das wundertätige Marienbild.

Der Meßner kam, löschte mit einem langen, schwankenden Stab die hundert brennenden Kerzen und räumte die Altäre. Aus der Sakristei hörte man halblautes Geplauder, vom Chor hernieder das Klappern von Instrumenten und hallende Tritte. Dabei leerte sich allmählich die Kirche, die von einer schweren, schwülen, beklemmenden Luft erfüllt war.

Als letzter verließ sie der Loibacher. Fest waren Klaras Arme um seinen Hals geschlungen, und auf seiner Schulter ruhte ihr heißes Gesicht. Achtsamen Ganges trug er sie zu jener Steinbank zurück. Die Sonne hatte das graue Gewölk durchbrochen und überströmte mit ihrem weißen, warmen Lichte das freundliche Plätzchen. »Da schau, da hast jetzt ein Bleiben, daß dir's net schöner wünschen kannst!« beteuerte der Alte unter Schmunzeln und Blinzeln, während er mit seelenvergnügter Geschäftigkeit seinem Kinde den Sitz auf der Steinbank so bequem als möglich zu richten suchte. »Ja, und jetzt spring' ich gleich ins Wirtshaus ummi und schau', daß ich ein bißl was Warms für dich zum Essen krieg'. Grad 's Beste müssen s' mir geben, was da is! Und da paß auf, wie dir das schmecken wird! Da wirst nachher gleich in dir ein ganz ein neue Kraft verspüren. Denn weißt, wenn die heilig Mutter auch in der Hauptsach alles bsorgt ... nachhelfen muß man dengerst noch ein bißl. Das is grad wie mit ei'm Ofen. Der Hafner macht ihn, aber heizen mußt ihn selber. Ja, du, so ein Ofen, der braucht sein Holz ... und das gache Gsundwerden, das macht ein Hunger! So, gelt, jetzt bleibst mir recht schön sitzen da! Und b'hüt dich Gott derweil!« Und er eilte mit langen Schritten davon.

Klara streckte ihm die Arme nach, als hätte sie ihn halten oder bitten mögen, sie mitzunehmen. Kein Wort aber kam über ihre Lippen. Und als des Vaters Tritte auf der Kirchhoftreppe verhallten, drückte sie die zitternden Hände auf die von Sturm erfüllte Brust, und kraftlos sank ihr das blasse Haupt an die weiße, sonnbeglänzte Mauer. Wie unter atemlosen Lauschen waren ihre brennenden Augen nach aufwärts gerichtet, und der Ausdruck banger Erwartung zeigte sich in ihren Zügen.

Leises Flattern und feine Vogelstimmen ließen sich aus den ringsum stehenden Büschen hören. Ein sachtes

Rauschen ging durch die dunklen Wipfel des nahen Waldes. Aus dem tieferen Tal tönte, gedämpft durch die Ferne, das Tosen und Brausen des wilden Bergbaches. Geschrei und Gelächter ließen sich vom Wirtshause her vernehmen, und von dem freien Platze, auf dem sich Hunderte der Wallfahrer durcheinanderdrängten, klang ein wirres Lärmen, aus dem sich scharf und kreischend die Stimmen der Budenbesitzer hoben, die ihre Waren zum Verkaufe boten. Auch andere Stimmen schieden sich manchmal deutlich aus dem allgemeinen Tumult, wenn plaudernde Gruppen oder Paare dicht unter der Kirchhofmauer vorüberzogen oder, für Klaras Augen durch die Büsche verborgen, den Kirchhof quer durchschritten.

Nun wieder schlug über den brüchigen Bord der Kirchhofmauer solch eine Stimme an ihr Ohr – und das war jene gleiche, heiser lachende Männerstimme, die sie am verwichenen Nachmittag vor ihres Vaters Haus von der Straße herauf gehört hatte. Klara erkannte sie beim ersten Wort, das sie vernahm: »Schöne Sachen, das muß ich sagen, schöne Sachen hört man von dir! Du bist mir ein Feiner! Aber no, meintwegen, ich tu' dir den Gfallen. Ein andere Frag is freilich, ob ich 's Madl find … ich hab's ja noch nie net gsehen.«

»Geh weiter! Wannst ein bißl dran denkst, wie ich dir's bschrieben hab', da kennst es am ersten Blick. Und ich mein', wenn beim Wirtshaus in der Näh umeinandersuchst, da gehst net weit fehl!« So erwiderte eine andere Stimme, die dem lauschenden Mädel jäh alles Blut zum Herzen trieb. »Und gelt, da tust mir halt den Gfallen und redst recht freundlich mit ihr. Weißt, sagst ihr halt, ich wär' den Winter über selber krank gwesen, und im Frühjahr hätt' ich nie net abkommen können vor lauter Arbeit im Holz draußen. Sagst ihr, ich hätt' die größte Freud ghabt, weil ich s' wieder einmal gsehen hab' … und ich hätt's heut schon selber aufgsucht, wenn ich mich traut hätt' vor meim Vatern, der noch nix merken dürfet davon. Und sagst ihr, in einer von die nächsten Wochen tät' ich mich schon einmal anschauen lassen bei ihr draußen.«

»Langsam, langsam!« lachte die andere Stimme. »Meinst denn, ich kann mir das alles grad auf einmal so merken?«

»Geh, so heikel is's ja net! D' Hauptsach is halt, daß 's Madl glauben muß, es wär heut alles noch grad so, wie's früher war. Viel Geduld hat's freilich ghabt. Jetzt aber, wo 's mich wieder gsehen hat, und wenn ich gar nix dergleichen tät, da könnt s' am End doch was laut werden lassen. Und das wär mir ein bißl ungelegen … acht Tag vor der Hochzeit. Denn weißt, wenn d' Leni auch verliebt is bis über d' Ohren, ihre gspaßigen Mukken hat s' dengerst. Z'naxt hat s' mir weiters kein Spitakl gmacht, wie unser Knecht so dumm dahergredt hat, ja … und wann ich ihr net alles so steif ins Gsicht eini gleugnet hätt', leicht hätt s' mir am End gar wieder aufgsagt. No, die wann wissen tät, daß 's Madl mit uns auf der Wallfahrt is! Ein bißl ebbes hat s' sowieso schon gmerkt, daß mir was umgeht im Kopf. Wenn s' mir nur grad die acht Tag noch übersteht! Nach der Hochzeit kann s' meinetwegen erfahren, was s' mag … da is mir alles einding. Also gelt, tust mir halt den Gefallen … weißt ja, was ich dir versprochen hab'!«

»No ja, ich will 's Madl schon suchen und will auch mit ihr reden, wie's dir taugt. Aber 's Madl wird halt auch 's Fragen anfangen.«

»Was soll s' denn lang fragen? Höchstens wird s' dir vorjammern von derselbigen Nacht. No ja, und da kann s' dich am End schon fragen, warum ich selbigsmal am Abend net kommen bin, wie ich's versprochen hab'. Sagst ihr halt, was dir einfallt, und kannst ja sagen, mein Vater wär dagwesen, wie ich selbigsmal in d' Holzerhütten heimkommen bin, und ich hätt' auf der Stell mit ihm nunter müssen in den Ort.«

»Leicht reden tust di schon, das muß ich sagen! Hast es ihr ja dengerst versprochen ghabt, daß d' kommst … und du wennst dabeigwesen wärst, da hätt s' auch leicht wieder heimgfunden in d' Hütten und hätt die schieche Nacht net derleiden müssen.«

»So? Meinst? Ah na … net ein bißl ein Gwissen mach' ich mir draus! Das heißt, wie's am Abend so zum Stöbern und Winden angfangt hat … und nachher in der Nacht, wie's mir allweil gwesen is, als höret ich 's Madl schreien droben im Gwänd, da sind mir freilich die Grausbirn aufgstiegen über'n Buckl. Hintnach aber hab ich mir gsagt, es hat ihr nix anders net ghört! Denn ihr Reden am selbigen Morgen is nix anders net gwesen als wie Lug und Trug … der reiche Bauernsohn, weißt, der hätt ihr halt taugt … und da hat s' wohl gmeint, sie fangt mich damit, daß ich Ernst mach'. Unser Herrgott hat s' aber auch gleich gstraft für die Lug, wo s' mir angehängt hat. Denn wann's keine Lug net gwesen wär, hätt' ich ja lang in der Zeit schon eine Botschaft oder ein Zetterl kriegen müssen ...«

»Du, da schau, mir scheint, du bist der Leni schon wieder z' lang ausblieben! Die schaut ja umeinander wie ein Haftlmacher!«

»Na, jetzt so was! Aber ich weiß schon, net ein Augenblick hat s' ein Fried, wann ich ihr net allweil auf der Kittelfalten sitz'. Jetzt schau nur gleich, daß d' weiterkommst ... und daß d' mir alles gscheit anstellst, gelt? Ich druck' mich derzeit hinter der Kirchen rum und schau, daß ich von der andern Seiten ...«

Da erlosch die flüsternde Stimme unter dem Klappern rasch enteilender Schritte. Noch waren diese Schritte nicht verhallt, als andere, flüchtige Tritte auf der steinernen Kirchhoftreppe sich vernehmen ließen. Über den Stufen erschien jene bunt aufgeputzte Dirn mit dem derben, roten Gesicht. Sie eilte auf die offene Kirchtür zu und spähte in das Dämmerlicht des stillen, menschenleeren Raumes. Kopfschüttelnd wandte sie sich auf den Weg zurück und folgte suchend dem kiesigen Pfad, der sich zwischen Büschen und Bäumen um die Kirche schlängelte. Nun plötzlich stand sie vor Klara. »Geh, Madl, sag, hast net ein Burschen gsehen?« begann sie zu fragen. Doch mitten in ihrer Frage verstummte sie und schaute halb erschrocken, halb neugierig das Mädel an, das ohne Leben auf der Steinbank saß, in sich zusammengesunken, mit gläsernem Blick, mit offenen, blutigen Lippen, mit fahlen, schmerzverzerrten Zügen. – »Ja mei ... was is dir denn?« fragte die Dirn, während sie zögernd näher trat. »Fehlt dir leicht was?«

Klara schien nicht zu sehen, nicht zu hören. Regungslos starrte sie an der Dirn vorüber ins Leere, noch immer der Richtung zu, aus der sie jene wechselnden Stimmen vernommen hatte.

»Aber geh, so red doch, was is dir denn?« begann die andere wieder, faßte Klara beim Arm und rüttelte sie. »Mußt ja gar feindlich krank sein! Schaust ja aus wie 's leibhaftige Sterben! Wie kann man dich denn so allein lassen! Kann ich dir denn gar nix helfen? Wer bist denn, sag, wer bist denn?«

Da ging ein Schauer über Klaras Gestalt. In zitternden Händen führte sie ein blutiges Tuch an die Lippen und sah mit flackernden Blicken auf. Und während ihr die Arme kraftlos niedersanken, umzog ein bitteres Lächeln ihren zuckenden Mund. »Wer ... wer ich bin ... willst wissen? 's Loibachermadl heißen mich d' Leut!«

Langsam trat die Dirn zurück. Alles Mitleid war aus ihren Zügen geschwunden. Ihre Brauen furchten sich, ein feindseliger Blick schoß aus ihren Augen, und von ihren aufgeworfenen Lippen klangen scharf und hart die Worte: »So ... *du* also ... du bist 's Loibachermadl? No freilich ... ich hätt' dich ja bloß drum anschauen dürfen! Und ich ... willst wissen, wer *ich* bin? Leni heiß ich ... und über acht Tag mach' ich Hochzeit mit dem Oberholzer-Alois. Kennst ihn leicht?«

»Ah ja ... ich mein' schon, daß ich ihn kenn' ... vom Sehen halt, ja ... vom Sehen.«

»So? Grad vom Sehen? Und mir is doch, als hätt'

ich wen sagen hören, du hättst ihn gnauer auch noch kennt?«

»Hast wen sagen hören? No schau, der weiß nacher mehr als ... als wie ich selber weiß!« erwiderte Klara mit kaum noch vernehmlicher Stimme. Schwer sank ihr bei diesen Worten das Kinn auf die Brust.

»Anschauen tu mich, sag' ich ... anschaun!« fuhr Leni zornig auf. »Denn wann das wahr is, was da gsagt hast, mußt mich anschaun können!«

Langsam hob Klara das totenblasse Gesicht. Steinerne Ruhe war in ihren Zügen. Das flackernde Feuer ihrer Augen war erloschen, und nur noch der Ausdruck staunender Frage lag in dem festen Blick, den sie über die Gestalt der anderen emporgleiten ließ bis zu dem derben, dunkelroten Gesicht.

Vor diesem Blick schlug Leni die Augen nieder; wortlos nagte sie an der dicken Lippe, um plötzlich scheu nach beiden Seiten über ihre Schultern zurückzusehen, als hätte sie das Gefühl, daß jemand hinter ihr stände. Dann streckte sie zögernd die Hand, und es schien ihr ein gutes, freundliches Wort auf der Zunge zu liegen. Dennoch schwieg sie – und als sie eine kurze Weile vergebens gewartet hatte, daß Klara die dargebotene Hand ergreifen sollte, legte sie wie in trotzigem Hochmut den Kopf in den Nacken, zuckte die Achseln und eilte mit raschen Schritten davon.

Langsam trat die Dirn zurück. Alles Mitleid war aus ihren Zügen geschwunden.

Da ging ein jähes Zittern über Klaras Gestalt; wie in Todesangst und Verzweiflung starrte sie nach der Stelle, an welcher die andere zwischen den dichten Büschen verschwunden war; ein gurgelnder Wehlaut quoll ihr über die Lippen, die sich aufs neue von dunkelm Blute röteten, und während sie die Arme streckte, raffte sie sich wankend in die Höhe. Doch einen Schritt nur tat sie, dann brachen ihr schon die Knie. Schwer schlug sie mit dem ganzen Körper zu Boden, ihre Finger krampften sich in die Erde, und unter Stöhnen drückte sie das Gesicht in den Rasen, der sich netzte mit ihrem Blut und ihren Tränen.

Dann plötzlich wieder verstummte ihr Schluchzen, in Angst und Zittern richtete sie sich halb empor, mit bebenden Händen trocknete sie ihre Lippen, verbarg das blutige Tuch in ihrem Gewand und zog sich mit keuchender Mühe auf die Bank.

Sie hatte ihres Vaters gedacht.

Und da hörte sie auch schon seine näher eilenden Schritte auf der Kirchhoftreppe.

Noch einmal preßte sie die Hände auf die Brust, als wollte sie mit Gewalt ihren fliegenden, rasselnden Atem zur Ruhe bringen; dann saß sie regungslos, das Haupt an die weiße, sonnige Mauer gelehnt, als wären ihr die Minuten, die der Vater fern gewesen, in stillem Harren vergangen.

Nun kam er, mit gerötetem Gesicht, in der linken Hand ein irdenes Töpfchen mit dampfender Suppe, in der rechten einen Teller mit rauchendem Fleisch. Wohl fiel sein erster Blick auf Klaras Züge, aber bei all der guten Hoffnung, die sein Vaterherz erfüllte, und in seiner plaudernden Geschäftigkeit hatte er kein Auge für den starren, todmüden Ausdruck im Gesichte seines Kindes. Er erzählte von dem Gedränge, das da drüben im Wirtshaus herrschte, und von der Mühe, die es ihn gekostet hatte, um das bißchen zu erkämpfen, was er in Händen hielt. So unter Schwatzen und Plaudern setzte er sich an Klaras Seite und bat und nötigte sie so lange, bis sie auch das letzte Tröpfchen Suppe genossen hatte. Doch als er ihr den ersten Bissen Fleisch an die Lippen führte, war es zu Ende mit ihrer Überwindung. Heftig schob sie seine Hand beiseite, und schaudernd fiel ihr das Haupt auf die Schulter.

»Ja mein Gott! Schatzl! Was hast denn?« stammelte er. »Schau, ein bißl was mußt ja essen ... oder sag, willst leicht was anders haben? So red doch, geh ... schau, grad alles schaff ich dir her, was dir lieb is. Geh, Schatzerl, sag, was willst denn?«

»Heim will ich, Vater! Heim! Heim! Sonst gar nix als heim!« glitt es in klanglosen Worten von Klaras zuckenden Lippen.

Erblassend fuhr der Loibacher auf und stieß den Teller auf die Steinbank. »Jesses ja! Mein Gott, schau ...« und dabei zog er schon die Kraxe aus dem Gebüsche, »alles tu' ich, was d' haben willst! Ich weiß schon: daheim, gelt, daheim is halt am besten. Komm, Schatzl, komm ...«

Da verstummte er und starrte erschrocken seinem Kind in das fahle Gesicht, in die stumpfen, verschleierten Augen, auf den klaffenden, von Schmerz verzerrten

Mund. Er streckte die Hände und rührte wortlos die Lippen, bis er die Sprache fand: »Ja lieber Herrgott! Was is denn?«

Klara tastete nach ihm mit zitternden Armen. »Ich weiß net, Vaterl ... aber mir wird auf einmal so letz! Mir is ... ganz schwarz vor die Augen ... und ... mein Gott, Vater, mir wird so angst ... so sterbensangst ...«

In einem stöhnenden Röcheln erstickten ihre Worte. Eine Ohnmacht schien sie zu überkommen, sie wankte, schon aber fing sie der Vater in seinen Armen auf, und lautlos sank sie ihm an die Brust. Unter Zittern und Tränen hielt er sie umschlungen. »O heilige Mutter! Ja wo bist denn? Ja hast denn gar keine Augen net? O du gütiger Hergott ... was fang' ich denn an!« Da fühlte er, wie sich Klara in seinen Armen regte. »Jesses na! Mein Kindl, mein liebs! Schau, mußt dich net ängsten! Ah na, gwiß net, gwiß net! Gelt, es is dir schon besser?«

»Ja, Vater, ja ... besser ... ein bißl besser!« klang es mit lispelnden Worten.

»No also, schau, das is ja gwiß nix anders gwesen, als wie so eine gache Schwächen, wo dich angfallen hat, natürlich, der weite Weg, und alles, alles!« Und während Sorge und Hoffnung zugleich aus seinen Augen sprachen, richtete er das Mädel auf und streichelte ihm mit zitternden Händen die bleichen Wangen. »Aber laß nur grad den Mut net sinken! Die heilige Mutter hat noch kein verlassen, der ein richtigen Glauben ghabt hat auf ihr Güt und Gnad. Wirst es schon sehen, mein Kindl, mein liebs, wirst es schon sehen, was dich jetzt auf einmal so anpackt hat, das is nix anders gwesen als wie der letzte Schnaufer von deiner Krankheit, und von jetzt an is aus und gar mit ihr, und 's Gsunden geht an! Und komm ... jetzt mach' ich mich gleich auf'n Weg! Und bal wir daheim sind, da legst dich gleich nieder und tust mir schlafen und nix als schlafen ... und nachher paß auf, wann nachher aufwachst! Du! Da wirst schauen! Komm, Schatzl, komm!«

Mit beiden Armen hob er Klara auf den Sockel der Kraxe. Unter tröstenden, hoffnungsseligen Worten richtete er ihren Sitz und legte wieder das Seil um ihre Füße und Hüften. Sie lächelte ihn mit blassen Lippen an und verbrauchte ihre ganze Kraft, um sich aufrecht zu halten. Doch als er vor der Kraxe niederkniete, um die Riemen über die Schultern zu ziehen, ging ein schmerzvolles Zucken über ihr Gesicht. Wie dem Ersticken nahe, so saß sie mit klaffendem Mund und krampfte die Hände in ihre Brust. Jetzt fühlte sie, wie sich der Vater mühsam in die Höhe stemmte, wie sich die Kraxe langsam mit ihr hob, und da sank sie in sich zusammen, und kraftlos fiel ihr das Haupt auf die Schulter.

Der Loibacher verließ den Kirchhof auf dem gleichen Wege, auf dem er ihn betreten hatte, und suchte den heimwärts führenden Fußpfad zu gewinnen. Noch war er nicht hundert Schritte gegangen, da fragte er schon: »Geh, sag, wie is dir denn?«

»Besser, Vaterl, ein bißl besser!«

Und sooft er seine Frage auch wiederholen mochte, immer hörte er die gleiche Antwort. Nur einmal, als der steile Anstieg fast schon zur Hälfte überwunden war, erwiderte Klara auf des Vaters Frage mit müder, kaum vernehmlicher Stimme: »Gwiß is mir besser, Vaterl, aber soviel hart schnaufen tu' ich mich ... ich kann's schier nimmer derziehen!«

»Ja mein Gott, Kindl«, stammelte er, ohne den Schritt zu verhalten, »schau, mach dir's halt leichter ... weißt, im Gwand! Denn so beim Sitzen, natürlich, da schiebt's dir halt 's Mieder in d' Höh.«

Sie mochte seinen Rat wohl befolgt haben, so meinte er – denn als er nach einer Weile wieder fragte, ob sie sich nun besser und leichter fühle, hörte er sie mit lispelnder Stimme sagen: »Ja, Vaterl, woltern schon besser, jetzt spür' ich schier nimmer, daß ich noch schnauf.«

Erleichtert atmete er auf und stieg mit rascheren Schritten bergan. Gegen die zweite Nachmittagsstunde hatte er die Paßhöhe fast erreicht. Dort oben dachte er zu rasten. Und da fragte er wieder: »Wie is dir denn jetzt, geh, sag?«

Doch keine Antwort kam. Erschrocken stand er still, und da meinte er leise, gleichmäßige Atemzüge zu vernehmen. Ein glückliches Lächeln spielte über sein erschöpftes, schweißtriefendes Gesicht, und unter diesem Lächeln raunte er vor sich hin: »Gott sei Dank! Jetzt macht s' ihr Schlaferl! Aber das wird s' gspüren ... das muß ihr guttun ... no, Gott sei Dank!«

Gegen die zweite Nachmittagsstunde hatte er die Paßhöhe fast erreicht. Dort oben dachte er zu rasten.

In dicken Tropfen rann ihm der Schweiß über Hals und Wangen, schwer ging sein Atem, aber lächelnd schritt er weiter und dachte nicht mehr ans Rasten. Er hätte ja die Schlafende wecken müssen, wenn er hätte rasten wollen. Und wie sacht und behutsam setzte er Fuß vor Fuß! Nun hatte er ja keine Eile mehr – und das langsame Gehen war ja auch ein halbes Rasten. Jedem Steinchen wich er aus und jedem Wurzelknorren. Kein Schwanken, nicht der leiseste Stoß erschütterte die Kraxe. Manchmal, ohne die lautlosen Schritte zu verhalten, fragte er, um den Schlaf seines Kindes zu prüfen, mit flüsternder Stimme: »Schatzerl?« Und stets nach solcher Frage, die immer ohne Antwort blieb, überflog das gleiche hoffende, glückliche Lächeln sein erschöpftes Gesicht. Wie fest und ruhig mußte sie schlafen! Wie leise mußten ihre Atemzüge gehen, da er sie nicht einmal bei gespanntestem Lauschen zu hören vermochte. Nur einmal war es ihm, als hätte sie sich im Schlafe gestreckt; dabei hörte er ein leises, gleitendes Rascheln – und als er unwillkürlich aufschaute, sah er Klaras blasse Hand über das Kopfgesims der Kraxe niederschwanken.

Noch langsamer wurden seine Schritte; es mußten ja seine Füße den Weg nun blindlings finden, denn seine Blicke wichen nicht mehr von dieser blassen, regungslosen, bei jedem Schritt nur sachte schwankenden Hand. Er spürte kaum noch seine Müdigkeit und achtete der Zeit nicht, die ihm verging. Wie staunte er da, als er nahe bei seinem Hause aus dem Bergwald trat und nun mit einemmal gewahrte, daß schon die

Dämmerung ihren ersten Schleier über Tal und Höhen senkte.

Jetzt stand er vor seiner Tür, atmete tief auf und warf einen forschenden Blick über Haus und Hof. Lange stand er still und lauschte in die Höhe. »Kindl? ... Schatzerl?« fragte er mit leiser Stimme. Und als ihm keine Antwort kam, seufzte er bekümmert. »Jetzt muß ich s' halt dengerst wecken, aus dem guten, guten Schlaf! Aber no, da wird s' nachher auch wieder ihr Freud haben, wann s' merkt, daß s' schon daheim is!« Eine Weile noch zögerte er, dann rief er mit schüchternen Worten sein Kind beim Namen, erhob dazu den Arm und griff nach der bleichen Hand, die regungslos vom Kopfgesims der Kraxe niederhing. Da goß ihm die starre Kälte dieser Hand einen eisigen Schauer durch alle Glieder, und tödlicher Schreck verzerrte sein Gesicht. »Jesus Maria!« kreischte er auf, ließ sich wankend zur Erde nieder, riß die Arme aus den Riemen, sprang vom Boden auf und stand mit gestreckten Händen wie versteinert. Glasigen Blickes stierte er nieder auf das wie im Schlummer seitwärts geneigte Haupt seines Kindes, mit den zerfallenen Zügen, mit den gebrochenen Augen, mit dem offenen, blutbefleckten Munde. Nun kam ein Rühren und Zittern über seinen Körper, ein röchelnder Wehlaut quoll ihm aus der Kehle, noch einmal streckte er die Arme, dann stürzte er schwer zu Boden und lag bewußtlos – seinem toten Kind zu Füßen.

Drunten auf der Straße rasselte ein Wagen vorüber. In den Hufschlag seiner Pferde, in das Rollen seiner

Räder mischte sich der Stimmenlärm eines näher kommenden Menschentrupps, der auf bequemer Wallfahrt heimwärts zog vom Kirchenfest der heiligen Mutter in der Einöd. Wirr klang das Lachen und Kreischen der Weibsleute mit dem Schreien und Johlen der Burschen durcheinander. Besonders deutlich hob sich aus dem übermütigen Lärm eine heiser lachende Männerstimme. Und diese Stimme war auch noch zu hören, als im Weiterziehen des Trupps die Ferne schon das Gewirr der übrigen Stimmen dämpfte und erstickte.

Drei Tage waren vergangen.

Mit drückender Hitze lag die Sonne über des Loibachers kleinem Hause. In der Stube waren die Fenster weit geöffnet. Und vor der schnurrenden, klappernden Drehbank stand der Alte, in Hemdärmeln und mit der blauen Schürze. Ein starrer Zug war in dem langen, schmalen Gesicht. Auf der Stirne zogen sich enggereiht die Furchen bis unter das eisgraue Haar. In gebrochener Haltung stand er, mit gekrümmtem Rücken, und die Hände zitterten, mit denen er das Eisen führte.

Wieder war ein Schächtelchen fertig. Der Loibacher stellte die Drehbank, löste das kleine, zierliche Ding aus den Zwingen, prüfte den Schluß des Deckels und stellte es zu den übrigen. Er wischte sich den Holzstaub vom Gesicht und schüttelte die krausen Späne von der Schürze. Dann nahm er aus dem Weidenkorb ein neues Klötzchen und spannte es zwischen die Zwingen. Und während er mit einem Stoß des Handballens das Schwungrad in Bewegung setzte, neigte er seufzend den Kopf zur Seite und schaute durch das offene Stubenfenster nach der Hausbank. Da schossen ihm jählings die Tränen in die Augen. »Ja wie bin ich denn … wie bin ich denn! Kann ich mir's denn gar net denken!« Seine Augen glitten durch die noch von Wachsgeruch und Weihrauchduft erfüllte Stube. Da fielen sie auf das Marienbild, das im Herrgottswinkel neben dem Kruzifix an der rissigen Mauer hing. Mit bitterem Lächeln nickte er dem Bildnis zu. »*So* also, Mutter, *so* hast es gmeint? Jetzt freilich, ja, jetzt braucht mein Kindl gwiß kein Stecken nimmer, gelt? Und ich … ah ja … ich, meinst, ich kann's schon noch erwarten?« Die Worte versagten ihm.

Dann plötzlich streckte er sich, wischte die Tränen aus den Augen und stotterte: »Na? Aber na! Wie bin ich denn! Hab' ich denn Zeit zum Weinen? Arbeiten muß ich ja, arbeiten! Der Pfarrer wartet, und der Mesmer wartet, und keiner von die Ministranten hat was kriegt, und 's gmalte Kreuzl is net zahlt …«

Mit zitternden Händen brachte er die Drehbank in Gang, griff nach dem Eisen und setzte es an das wirbelnde Holz. Die Späne flogen auf, der feine Drehstaub sprühte dem Alten ins Gesicht, und die krausen Scheitchen flatterten ihm gegen die Brust und über die Schultern. Dazu erfüllte ein Zittern und Schwanken, ein schnurrendes Rappeln und singendes Knirschen die ärmliche Stube.

Und wieder war ein Schächtelchen fertig.

Der Hochzeitlader

Das war ein harter Winter gewesen. Unten im Bergdorf hatten sie ihn freilich nicht allzu bitter verspürt; aber droben in der Färleiten, in der hochgelegenen Einöd, da hatte es schwere Zeiten gesetzt. Zwei volle Monate so vergraben zu liegen im Schnee, von dem drei Stunden tiefer liegenden Dorfe völlig abgesperrt, ohne Gottesdienst, ohne Hilfe in kranken Tagen – das ist eine harte Sache. Es war nur ein Trost, daß sich die Färleitner so gut miteinander vertrugen. Die beiden Häuser, die dort oben standen, die waren zusammen wie ein einziges Haus. Den ganzen Tag ging's hin und her durch die schmale Gasse, die man von Tür zu Türe durch den Schnee gegraben hatte, und mit dem Heimgarten am Abend wurde abgewechselt, heute herüben und morgen drüben – das war eine Eintracht, so fest wie Eisen, so zäh wie der Winter im Hochgebirg. Die Köpfe der Alten hielt die Not zusammen, die Herzen der Jungen die Liebe. Wenn die Alten bei dem matt brennenden Lämpchen am Tische von der Sommerarbeit plauderten, saßen der Rudi und die Annalies hinter dem warmen Ofen im Dunkel, hielten sich bei den Händen, wisperten und kicherten zusammen und schwiegen nur, wenn sie die Alten von der ›Einteilung‹ reden hörten, die man im Frühling treffen müßte. Im Lechnerhäuschen wollten sich die zwei alten Paare zusammenschmuggeln, damit sich im größeren Leitnerhause das junge Pärchen ungehindert strecken und dehnen könnte. Das war schon zu hundert Malen abgesprochen, aber man fand an der Sache doch immer wieder eine neue Seite, die einen ausgesponnenen ›Dischkurs‹ verlangte. Dabei geschah es nicht selten, daß der alte Lechner in lustiger Rede die Gescheitheit des lieben Herrgotts pries, der es so praktisch eingerichtet, daß der Leitner gerade einen Buben und der Lechner gerade ein Mädel hatte, daß also kein Fremder und keine Fremde die Nase vom Dorf heraufzustrekken brauchte in die schöne Färleiten.

Wann das erste Wort darüber gefallen war, daß der Rudi und die Annalies zusammengehören sollten, das wußte niemand mehr zu sagen. Die Sache hatte sich langsam aus sich selbst herausgewachsen. Sie hatten überhaupt von je zusammengehört, diese beiden, sie paßten auch so gut zueinander und ergänzten sich, der ernste, weiche und etwas träumerische Rudi und die frische, muntere Annalies, die, wenn sie lachte, den dicken Blondzopf schlenkerte, wie des Jägers gelber Dächsel sein Schwänzlein. Schon als Kinder waren sie unzertrennlich gewesen, und als sie zusammen den Schulsack getragen, schon damals hatte man sie im Dorfe drunten nicht anders genannt, als die ›Färleitner Liebsleut‹, das ›Färleitner Paarl‹. Und so eine Liebe, die sich als Fünklein festsetzt in der Kinderzeit und ›schön stad‹ emporwächst zur hellen, heißen Flamme, die hält in den Herzen wie die Föhrenwurzel in gesprengten Felsen, hält Sturm und Sterben aus.

Den beiden aber war's natürlich nicht ums Sterben zu tun, sondern recht ums Leben. Und lag auch draußen der Schnee bis an die Fenster, die beiden trugen doch den Frühling im Herzen und hatten nur eine Sorge: daß die Tage so kurz und flüchtig waren. Unermüdlich zimmerte, schreinerte und bosselte Rudi an der neuen Einrichtung, während sich Annalies die Finger krumm nähte, damit nur ja die Aussteuer aufs Tüpfelchen fertig wäre, bis der Tauernwind, der warme Föhn, von Süden käme, um die Berge freizusengen vom drükkenden Schnee. Der Tauernwind, der sollte ihr Hochzeitlader sein.

Aber Liebe und Warten – noch niemals haben diese zwei sich gut vertragen. Als gegen Mitte des März eine grimmige Kälte über die Berge fiel, so daß der Schnee zu festem Grund erstarrte und gangbar wurde, setzte Rudi den beiden Alten so lange zu, bis sie einwilligten, daß die jungen Leute hinunterstiegen ins Dorf, um das Brautexamen abzulegen und die ›Verkündigung‹ zu bestellen.

Dieser späte Frost, meinte Rudi, wäre ein Herr, der nicht lang regieren würde, wäre der letzte ›Schrecker‹ des Winters, das erste Anzeichen des nahenden Föhns.

Er glaubte auch richtig prophezeit zu haben, als am Vorabend des Sonntags, an dem sie zum erstenmal in der Kirche aufgeboten werden sollten, aus den hochgelegenen Schneefeldern die kahlen Steinwände so schwarz herniederblickten, ein paar heftige Windstöße die Färleiten umfuhren, und schweres, graues Gewölk von Süden sich herwälzte.

»Gelt, Vater, daß ich recht hab'?« lächelte er. »Jetzt fangt er schon 's Gwölk zum Schieben an, der Tauernwind.«

Der alte Leitner aber machte ein bedenkliches Gesicht. »Wirst dich wohl täuschen. Mein' eher, es wirft über Nacht noch ein Neu.«

Er sollte recht behalten. Als Rudi in der Nacht erwachte und den Kopf aus dem Fenster streckte, fielen die Flocken in weißer Menge. Um vier Uhr morgens sollten die Brautleute sich zum Kirchgang auf den Weg machen. Sie waren auch pünktlich bereit, und Rudi richtete die zwei langen Kienfackeln, die ihnen leuchten sollten, bis die Dämmerung begänne.

Der alte Leitner hätte sie gerne zurückgehalten. »Ich fürcht', der Schnee wird heut noch woltern hoch!«

Aber wie hätten es die Jungen über sich gebracht, in der Predigt zu fehlen, nach der sie der Pfarrer zum erstenmal als christliches Brautpaar ausrufen würde.

So machten sie sich auf den Weg. Es war ein bitteres Stück Arbeit, diese vier Stunden, die sie brauchten, um durch Schnee und Gestöber das Dorf zu erreichen. Drunten verblieb ihnen keine Zeit mehr, um sich abzu-

Es war ein bitteres Stück Arbeit, diese vier Stunden, die sie brauchten, um das Dorf zu erreichen.

kühlen und durch einen Imbiß zu erfrischen. Übermüdet und erhitzt betraten sie die Kirche, deren eisige Kälte sie anhauchte wie der Odem einer Gletscherhöhle. Während der Pfarrer predigte, zitterten die beiden vor Frost. Aber als ihre Namen mit den üblichen ›ehr- und tugendsamen‹ Beiwörtern von der Kanzel schollen, da leuchteten dennoch ihre Gesichter vor glückseliger und stolzer Freude.

Nach dem Hochamt gingen sie ins Wirtshaus, und Rudi ließ der Annalies, weil sie heftig hustete, eine Pfanne voll Warmbier kochen. Dann aßen sie tüchtig, befreundete Paare gesellten sich zu ihnen, man plauderte vom Tauernwind, der sicher nur noch einige Tage auf sich warten ließe, plauderte von den Hochzeiten im Frühling, und wenn auch Annalies häufig zum Aufbruch mahnte und immer besorgter hinausschaute in das unablässige Gestöber, so ging es doch schon auf die zweite Nachmittagsstunde, als sie endlich den Heimweg antraten.

Auf der Straße, im Walde und auf den ersten Gehängen, da ging es mit dem Marschieren noch nicht so übel. Je höher sie aber kamen, desto tiefer lag der neue Schnee, desto dichter fielen die Flocken. Und was das Schlimmste war: der frischgefallene nasse Schnee hatte die Eiskruste der älteren Schneeschicht durchweicht, sie trug nicht mehr, und so brachen die Wandernden an manchen Stellen bis über die Hüften ein, und nur mit äußerster Mühe vermochten sie sich aus der kalten, zähen Umarmung wieder freizumachen. Noch hatten sie nicht zwei Dritteile des Weges zurückgelegt, da überfiel sie die Dämmerung, und ihre Kräfte waren erschöpft. Rudi zitterte vor Sorge und Entkräftung an allen Gliedern, Annalies hustete und schluchzte, und wie Blei hing sie am Arm des Geliebten, der sie stammelnd zu trösten und zu ermuntern suchte. Sie hätten ihr Heim wohl nimmer erreicht, wenn man droben in der Färleiten nicht durch die stille Nacht ihre Hilfeschreie vernommen hätte. Die beiden Väter und der Leitnerknecht kamen ihnen mit Schneereifen und Brettern entgegen. Stück für Stück mußte man mit diesen Brettern über den Schnee eine Brücke legen, und es währte vier Stunden, bis diese fünf Menschen über das letzte Viertelstündchen Weges sich heimgekämpft hatten.

Annalies, die aus einer Ohnmacht in die andere fiel, wurde zu Bettt gebracht, und erst als sie zu schlummern schien, legte sich auch Rudi zur Ruhe. Die Erschöpfung ließ ihn hineinschlafen bis in den hellen Tag. Als er dann hinüberkam ins Lechnerhäuschen, fand er Annalies im Fieber liegen. Bei ihrem Anblick erblaßte er bis in die Lippen. Aber es blieb ihm nichts anderes zu tun übrig, als sich vor dem Bette niederzukauern und seine kalten, zitternden Finger um ihre glühenden Hände zu klammern. Jeder Versuch, den Arzt aus dem Dorfe herbeizuholen, wäre Wahnsinn gewesen. Den eisigen Ring, den der Schnee von neuem um die Häuser der Färleiten gezogen, hätte nur einer durchbrechen können, der aber auf sich warten ließ – der Tauernwind. Der liebe Herrgott war da die einzige Hoffnung und Hilfe: der mußte die Genesung schicken oder den Föhn.

Drum brannte auch Tag und Nacht in der Krankenstube die geweihte Kerze, die Perlen der Rosenkränze klapperten unermüdlich zwischen den Händen der Mütter und Väter, und wie das monotone Plaudern einer versteckten Quelle klang das Murmeln ihrer halblauten Gebete. Mit der Kranken aber wurde es schlimmer von Stunde zu Stunde.

Rudi schien zu Füßen des Bettes wie versteinert. Er hatte keine Tränen – glanzlos starrten seine Augen in das glühende, von Schmerz verzerrte Gesichtchen seiner Annalies. Er hatte kein Wort – bleich lagen seine Lippen übereinander gepreßt. Nur wenn die anderen ihn trösten wollten, schluchzte er krampfhaft auf: »Ich bin schuld ... ich ... ich ganz allein!«

Annalies erlangte das Bewußtsein nicht wieder. Am dritten Tag erlosch sie, wie eine niedergebrannte Kerze erlischt, flackernd und zuckend im Kampfe mit der Finsternis.

Nun brach der Schmerz aus dem Buben heraus, wild und tobend, mit wahnsinnigem Jammer und unversiegbaren Tränen. Sie mußten ihn mit Gewalt von der Leiche trennen. Dann aber schloß er sich und sein Leid in die Kammer ein – er konnte nicht ansehen, was jetzt mit der Annalies geschah.

In der Färleiten taten sie eben, was in gleicher Lage überall in den Bergen geschieht; sie taten, was sie noch immer getan, wenn der Tod bei ihnen Einkehr gehalten, während der undurchdringliche Schneewall die Häuser umschlossen hielt. Sie legten die Tote im weißen Sterbekleid auf ein Brett, falteten ihr die Hände, schoben ihr ein kleines Kruzifix zwischen die starren Finger und trugen sie in die offene Tenne, damit die Kälte den toten Körper gefrieren mache und so der Leichnam unzerstört sich erhielte, bis der Föhnsturm käme, um die Straße nach dem Kirchhof freizublasen.

Rudi lag in seiner Kammer auf dem Bett, das Gesicht in den Kissen vergraben. Er hörte, als sie das Totenbrett schnitten, das ächzende Geräusch der Säge, und jeder Ton ging ihm wie ein Stich durch die Seele. Er hörte ihre Reden und ihre dumpfen Schritte in der Tenne. Und als dann alles stille wurde, schrie er auf und schluchzte – und schluchzte –.

In der Dämmerung kamen sie, um ihn zum Abendessen zu rufen. Er aber rührte sich nicht. Eine Weile sprachen sie ihm durch die verschlossene Türe gütlich zu; dann überließen sie ihn seiner Einsamkeit und seinem Schmerz. Er weinte und betete, und vor Ermattung schlief er endlich ein.

Dann wieder, mitten in der Nacht, erwachte er, saß halb aufgerichtet im Bett und strich sich immer mit zitternden Händen das Haar in die Stirne. Nun hob er lauschend den Kopf. Er hatte einen Laut vernommen wie das gedehnte, klägliche Bellen eines hungernden Hundes. In der Färleiten aber gab es keinen Hund – und wie sollte sich vom Dorfe herauf ein Hund verirren bis in diese Höhe, über diesen Schnee?

Jetzt wieder schlug der häßliche Laut an Rudis Ohr, aus der nächsten Umgebung des Hauses. Da zuckte er zusammen und sprang zu Tod erschrocken auf. »Jesus Maria!« stammelte er, riß die Joppe an sich, stürzte aus der Kammer und eilte mit nackten Füßen aus dem Hause, hinaus in den Schnee und der Tenne zu. Vor ihrem niederen, nur dürftig durch aufgestellte Bretter verwahrten Tore sah er ein rötliches Tier mühsam davonflüchten über den weißen, brechenden Schnee. Zitternd stand er eine Weile – dann wieder konnte er, nun schon von mehreren Seiten, das heisere Bellen der hungrigen Bergfüchse vernehmen, die es gewittert hatten, daß in der Färleiten der Tod zu Gast gekommen.

Erschauernd vor Kälte und Grausen preßte Rudi die Hände über die Augen und schluchzte: »Jesus Maria! Annalies, Annalies! Und ich bin schuld dran ... ich ... ich ganz allein!« Er ließ die Hände sinken und tastete sich an dem rauhen Gemäuer entlang. »Aber sorg dich net ... ich bin schon da ... ich laß kein her zu dir ... na, Schatzl, ich laß dir nix gschehen ... ich bin schon da!«

Dumpf schluchzend schob er eines der Bretter beiseite und wankte in die Tenne. Wie ein Taumel überkam es ihn, als er den länglich weißen Schein gewahrte, der ihm aus der Mitte des dunklen Raumes entgegenschimmerte. Zögernd schlich er näher, und lautlos, als fürchte er eine Schlummernde zu wecken, kauerte er sich neben der Toten auf den eisigen Lehmboden nieder.

Stunde um Stunde ging ihm so dahin. Nur manchmal regte er sich und klatschte scheuchend die Hände zusammen, wenn er draußen vor dem Tor die knisternden Tritte der hungrigen Schleicher hörte oder wenn das heisere Bellen in nächster Nähe klang. Bald aber vermochte er sich kaum mehr zu regen. Seine Glieder begannen zu erstarren, und wie kaltes Eisen krampfte sich der Frost um seine Knochen. Mühsam rückte er dem Brette näher, auf dem die Tote lag – als könnte er sie in so enger Nähe besser schützen und bewachen. Er deckte die eine Hand über ihre kalten Hände, gewaltsam überwand er noch einmal seine Erstarrung, strich langsam und zärtlich die andere Hand über das steinerne Gesicht der Braut und lispelte: »Ich bin schon da ... ich, Schatzl, ich laß dich net allein ... ich bin schon da!« Dann seufzte er tief, und unter rinnenden Zähren sank ihm das schauernde Haupt in den Schoß der Geliebten.

So lag er regungslos und atmete in langen, leisen Zügen – immer leiser – und endlich erstarb auch das letzte Zittern des Atems auf seinen kalten Lippen – –.

Allmählich verrann die Nacht, und die bleigraue Dämmerung, die ihr folgte, begann sich zum Tage zu wandeln.

Da tönte von irgendwo ein dumpfes Knattern und Brummen, als wäre über hohe Wände eine Lawine niedergegangen.

Dann wieder kam fern aus den Lüften ein brausender Ton, als wäre jählings das Riesentor des Himmels gesprungen und rauschend aufgeflogen.

Lautlose Stille folgte – und plötzlich umfuhr ein fauchender Windstoß die Färleiten und ihre verschneiten Häuser.

Ein zweiter Stoß – ein dritter – und jetzt kam es gezogen, langsam erst, doch immer stärker und mächtiger, ein Tosen und Toben, ein schwüles Wehen und Stürmen, daß in den Dächern das morsche Gebälk erstöhnte, daß von ihnen der Schnee entwirbelte wie dünner Staub und daß die Schindeln in die Lüfte flogen wie welke Blätter. Die Fensterläden kreischten in ihren Angeln, rissen klappernd an ihren Ketten und weckten die Schläfer in den Häusern. Im nahen Walde ächzten die Bäume, wankten hin und her und warfen die weiße, drückende Last von ihren wintersmüden Zweigen, während hoch über ihnen, in dem steilen Gefelse, ohne Unterlaß die Lawinen rollten.

Der Tauernwind war da – der Hochzeitlader des Rudi und der Annalies …

Signor Antonio

An einem Sonntag war's; und vormittags, zwischen Messe und Mahlzeit. Die Sonne brannte und warf tiefschwarze Schatten, der rötliche Sand des Ufers glitzerte, und in stiller, schimmernder Bläue dehnte sich das Meer; weit draußen lagen die Inseln, von nebelhaftem Duft umwoben; lautlos huschten die Möwen durch die Luft, in Licht und Schatten bald weiß, bald schwarz erscheinend; an hohen Pfählen waren die Netze, die in der Nacht dem Fischfang gedient hatten, zum Trocknen aufgehängt; in langer Reihe lagen die bunt bemalten Fischerbarken an den Strand gezogen, die einen leer, die anderen mit umgelegten Masten und aufgebundenen Segeln; vor den kleineren Booten waren die Ruder paarweis und aufrecht in den Sand gesteckt.

Das Ufer war wenig belebt. Ein paar halbnackte Kinder rannten schreiend zwischen den Barken umher, ein alter Schiffer saß mit der Angelrute auf einem ins Meer hinausspringenden Felsblock, und ein junges Weib mit zerzausten Haaren und vergrämten Zügen kniete in einem Nachen und spülte Wäsche. Um so lauter ging es vor einem der nahen Fischerhäuschen zu; es war das eine alte, baufällige Hütte, aber sie gewährte doch einen freundlichen Anblick, denn die Mauern waren bis an das morsche Dach mit üppigen Wein- und Feigenspalieren überzogen, aus deren Blattwerk die reifenden Früchte hervorschimmerten.

Auf der Schwelle der niederen Türe saß ein dreijähriges, bildhübsches Mädchen, nur mit einem kurzen, ärmellosen Hemdchen bekleidet, und schnullte an einer halbreifen Feige; im Innern des Hauses sang eine klingende Frauenstimme:

»Chi sa se mal
Ti sovverral di me!«

Ein trauriges Lied – aber es wurde lustig gesungen. Und die klingende Stimme mischte sich mit dem lärmenden Geschrei eines halben Dutzends junger Männer, die vor dem Haus in aufgeregtem Eifer ein seltsames Spiel betrieben. Sie klebten kupferne Zündhütchen mit Wachs an einen Pfahl und warfen danach aus wechselnder Entfernung mit langen Messern. Das winzige Ziel wurde selten getroffen. Nur einer von ihnen – Antonio nannten ihn die anderen – verstand das blitzende Messer mit so erstaunlicher Sicherheit zu schleudern, daß nach jedem Wurf das von der scharfen Messerspitze durchbohrte Zündhütchen mit dünnem Knall explodierte.

Der junge Fischer mochte kaum dreißig Jahre zählen; seine schlanke, geschmeidige Gestalt bot in ihrer ärmlichen, aber kleidsamen Tracht einen malerischen

Anblick; der energische Kopf mit dem tiefschwarzen Haar, den scharf geschnittenen, sonnverbrannten Zügen und den brennenden Augen hätte einem Maler wohl als Modell für einen Masaniello dienen können. Jede seiner Bewegungen atmete Kraft und Leben. Er war prächtig anzusehen, wie er seinen Stand wählte, mit vorgestrecktem Arm das Messer zum Wurfe bereithielt, wie er mit funkelndem Blick das winzige Ziel verschlang, dann mit zuckendem Stoß, den ganzen Körper nach vorne werfend, die Klinge schleuderte und vorgestreckten Halses dem fliegenden Messer mit den Augen folgte, bis es mit unfehlbarer Sicherheit das Ziel durchbohrte. Den lärmenden Beifall seiner Freunde schien er gerne zu hören, und als das eigentliche Wettspiel zu Ende war, gab er noch allerlei Kunststücke zum besten. Er warf das Messer bald in gestreckter Bahn, bald wieder im Bogen und mit wirbelndem Flug, bald zwischen den gespreizten Beinen hindurch, bald über die Schulter, und nie verfehlte er das Ziel.

Dieser Vorgang hatte einen stummen Zuschauer gefunden. Ein Fremder, in weißem Strohhut und schwarzem Rock, stand in der Nähe der lärmenden Gruppe, den gelben Sonnenschirm über der Schulter, und verfolgte das eigenartige Spiel mit aufmerksamen Augen. Die Männer kümmerten sich nicht um ihn, denn der alte Herr war ihnen keine neue Erscheinung. Seit mehreren Wochen wohnte er in der *Osteria alla piazza* und kam häufig an den Strand. Hörte er eine singende Stimme, dann schien er es besonders eilig zu haben, dem Sänger oder der Sängerin in die Nähe zu kommen; hatte er eine Weile zugehört, so ging er davon und schüttelte den Kopf, just wie einer, der nicht gefunden, was er suchte.

An Antonios erstaunlicher Fertigkeit schien er ein besonderes Interesse zu finden. Das Spiel war zu Ende, die Teilnehmer hatten sich entfernt, aber der Fremde stand noch immer auf der gleichen Stelle. Als nun Antonio vor seinem Haus auf der Steinbank saß und mit einem Hammer die verbogene Spitze seines Messers glättete, kam der Fremde langsam näher und sagte:

»Das ist eine seltene Kunst, die ihr soeben gezeigt habt.«

Der Fischer blickte auf und lächelte geschmeichelt. Die Stimme des Fremden hatte ein junges Weib unter die Haustür gelockt. Eine Mutter – und sah doch aus wie ein Mädchen! Ihre Füße waren nackt, sie trug nur ein rotes Röcklein und ein Hemd, das die volle Büste kaum verhüllte; in wirren Strähnen fiel das glänzend schwarze Haar um die schmalen Wangen und über den Nacken, die großen Augen hatten schwimmenden Glanz, und die vollen, lüsternen Lippen waren leicht geöffnet, so daß man die kleinen, blinkweißen Zähne sah. »Geh in die Küche, Lisa!« rief ihr Antonio unwillig zu. Aber sie rührte sich nicht und starrte den Fremden an.

Dieser schien sich – Antonio bemerkte das mit raschem Blick – um das junge Weib nicht zu kümmern; er wandte kein Auge von dem Fischer, und als Antonio nun wieder an seinem Messer zu klopfen begann, sagte der Fremde:

»Eine seltene Kunst! Ihr könntet viel Geld damit verdienen.«

Der Fischer lachte. »Das ist dummes Zeug, Herr! Wer soll da etwas zahlen dafür?«

»Ich!«

Antonio sah den Fremden mißtrauisch an; aber die Augen seines Weibes wurden groß und funkelten.

Der Fremde hatte bei seiner kurzen Antwort in die Tasche gegriffen und hielt nun auf der flachen Hand ein Goldstück. »Nehmt! Das ist für heute!«

Antonio erhob sich zögernd und runzelte die Stirn, als wäre ihm die Sache nicht geheuer. Mit hastigen Schritten, das auf der Schwelle sitzende Kind beiseite schiebend, war Lisa zu ihrem Mann getreten. Sie puffte ihn mit der Faust an den Arm und zischelte: »So nimm doch! Nimm!« Und als er noch immer zögerte, griff sie selbst nach dem Goldstück und drehte es zwischen den zitternden Fingern, während dunkle Röte ihr Gesicht überflog.

Einen ganzen Sack voll solcher Goldstücke könnt ihr euch verdienen«, sagte der Fremde, »wenn ihr nur wollt!«

»Was müßte er tun dafür?« fragte Lisa mit bebender Stimme.

Der Fremde streifte das junge Weib mit einem lächelnden Blick; dann wandte er sich wieder zu Antonio. »Wir wollen über die Sache sprechen. Kommt heute nachmittags zu mir! Ich wohne in der *Osteria alla piazza.*« Er nickte grüßend und ging davon, ohne sich noch einmal umzusehen.

Antonio stand mit offenem Mund und starrte dem Fremden nach; Lisa aber warf sich vor der Bank auf die Knie und ließ das Goldstück immer wieder auf den Stein fallen, um an seinem Klang zu prüfen, ob es auch echt wäre. Drinnen im Hausflur kauerte das Kind in einem dunklen Winkel und weinte.

Das ›Colosseum‹, eine mehr berüchtigte als berühmte Singspielhalle, hatte seit Wochen eine neue Zugkraft. Von allen Straßenecken der Stadt leuchteten blutrote Plakate und verkündeten, daß *Signor Antonio, l'artista del coltello,* der Messerkünstler, das Unerhörteste wäre, was die Welt noch je gesehen hätte. In Scharen kamen die Neugierigen, und Abend für Abend war der große Saal bis auf das letzte Plätzchen ausverkauft. Die Produktionen, mit denen die bunte Vorstellung eingeleitet wurde, interessierten kaum; man wartete auf den Helden des Abends. Endlich erschien er, in einem romantischen Fradiavolo-Kostüm, von rauschendem Beifall begrüßt. Er dankte kaum; in lächelnder Ruhe traf er alle Vorbereitungen für seine Produktion, nahm ein Dutzend blitzender Messer von verschiedener Größe aus einem ledernen Etui und legte sie der Reihe nach auf ein mit Sammet überzogenes Tischchen. Dann begann er, während das Orchester einen Fandango spielte, seine erstaunlichen Künste. Signor Antonio war, seit

Und als Antonio noch immer zögerte, griff sein Weib selbst nach dem Goldstück.

jener spekulative Impresario dieses Naturtalent in einem italienischen Fischerdorf entdeckt hatte, zum vielseitigen Virtuosen geworden: er machte mit seinem sicher treffenden Messer nicht nur, wie einst, die Zündhütchen explodieren, er traf auch mit jedem Wurf das Zentrum einer schwingenden Scheibe, warf mit mehreren Messern zu gleicher Zeit nach einem oder nach verschiedenen Zielen, zerschnitt einen in die Luft geworfenen Apfel mit dem geschleuderten Messer in zwei Teile, durchbohrte mit zehn Klingen der Reihe nach die kleinen, roten Herzen einer Coeur-Zehn, warf die Messer durch enge Ringe und schmale Ösen, bildete auf einer Scheibe mit den verschränkt durcheinandergeworfenen Klingen wunderliche Ornamente und reihte in solcher Weise Kunststück an Kunststück, eines erstaunlicher als das andere. Und was am meisten an ihm gefiel, das war die lächelnde Ruhe, die spielende Leichtigkeit, mit der er auch das schwierigste Stücklein vollführte. Doch einzelne Zuschauer, die den Artisten mit scharfem Glas beobachteten, wollten bemerken, als hätte sein unverwüstliches Lächeln etwas Starres und Erzwungenes, als hätten seine funkelnden, tiefliegenden Augen einen zornigen, fast haßerfüllten Blick.

Wenn eine Nummer vorüber war und der Beifall losbrach, suchte dieser Blick mit blitzartiger Hast immer wieder eine der Bühne naheliegende Ecke des Saales. Dort stand der sogenannte Künstlertisch, an dem die Artisten und Artistinnen, wenn sie ihre Produktionen erledigt und ihre Kostüme abgelegt hatten, sich zu versammeln pflegten, um sich von den Habitués der Singspielhalle mit Champagner bewirten zu lassen. Es war eine recht gemischte lärmende Gesellschaft; zwischen Seiltänzerinnen, Akrobaten und den unvermeidlichen ›Nachtigallen‹ saßen in bunter Reihe die alten und jungen Lebemänner. Der Tisch war bedeckt mit vollen Gläsern und geleerten Flaschen, mit Fächern, Handschuhen und Bonbonnieren. Dem Vorgang auf der Bühne schenkte man hier nur geringe Aufmerksamkeit; unter dem Schutze der rauschenden Musik wurde geplaudert und geflüstert, gekichert und gelacht. Der Mittelpunkt des lebhaften Kreises war ein junges Weib von blühender südlicher Schönheit, in schreiende Seide gekleidet, mit funkelnden Brillanten in den rosigen Ohren, die Finger übersät mit blitzenden Ringen; ihre Sprache war ein originelles Mischmasch von französischen und italienischen Wendungen; und mit allen plauderte und lachte sie, für jeden hatte sie ein pikantes Wort, ein gewinnendes Lächeln des kirschroten, lüsternen Mundes.

Nur ein einziges Mitglied der Tafelrunde schien nicht für sie vorhanden: ein junger, schlank aufgeschossener Mann in modischer Kleidung, mit frisiertem Blondhaar und einem schüchternen Bärtchen. Er saß zwischen zwei Nachtigallen, die sich in Liebenswürdigkeiten gegen ihn überboten; denn die Zahl der Millionen, die der blonde Jüngling von seinem Vater erben sollte, war stadtbekannt. Auf die Dauer schien es ihm aber doch zwischen den beiden heißblütigen Damen schwül zu werden. Er erhob sich, trat an das andere Ende des Tisches und blickte aufmerksam nach der

Bühne. Zufällig kam er dabei dicht neben die schöne Löwin des Tisches zu stehen. Sie blickte sich gleichgültig nach ihm um, und dabei flatterte ihr Programm auf die Erde. Rasch hob er es auf, reichte es ihr mit einer höflichen Verbeugung und flüsterte dabei in italienischer Sprache: »Der Wagen wartet! ... Wann?«

Sie nickte mit verbindlichem Lächeln und flüsterte zurück: »Jetzt, wenn er mit dem Kinde arbeitet ... da hat er kein Auge für mich.«

Niemand am Tische hatte dieses Zwiegespräch bemerkt. Aber plötzlich lief ein dumpfes Murmeln durch den Saal – Signor Antonio, der Messerkünstler, hatte einen Fehlwurf getan. Einen Augenblick stand er mit starrem Gesicht, dann stürzte er auf das Messer zu, das neben dem Ziel zu Boden gefallen war, hob es auf, trat zurück und wiederholte mit leidenschaftlicher Wildheit den schwierigen Wurf. Er glückte; unter lautem Beifall verbeugte sich Antonio und verließ die Bühne. Immer wieder wurde er gerufen – die Zuschauer wußten, daß die Hauptsache nun erst kommen würde.

Signor Antonio erschien, an seiner Hand ein etwa siebenjähriges Mädchen von entzückendem Liebreiz führend. Wie schwarze, bewegliche Schatten zitterten dem Kinde die Löcklein um das liebliche Gesicht. Und wie gut ihm das bunte Kleidchen stand! Ein Beifallssturm empfing die beiden. Das Kind verbeugte sich und warf Kußhändchen nach allen Seiten. Dann plötzlich verstummte die Musik, und lautlose Stille war im Saal. Ein Gestell, das einem Marterpfahl nicht unähnlich sah, wurde auf die Bühne gebracht und am Boden festgeschraubt. Lächelnd eilte das Kind darauf zu, stellte sich mit dem Rücken gegen das Brett, schnallte einen schweren Gürtel um seine Hüfte und legte die Ärmchen mit gespreizten Fingern in die aus dem Brett hervorragenden Haken, welche die Arme des Kindes stützen und unbeweglich halten sollten.

»*Comincia!*« (Fang an!) rief das Kind, und Signor Antonio legte seine Messer zurecht.

Im Zuschauerraum begann ein erregtes Summen; einige Frauen, die das aufregende Schauspiel, das nun beginnen sollte, nicht sehen wollten, verließen den Saal; an den meisten Tischen, auch am Künstlertisch, erhoben sich die Gäste, um besseren Ausblick auf die Bühne zu haben; eine dumpfe Musik begann, deren Klänge die Erregung des Augenblicks noch erhöhten – und Signor Antonio griff nach dem ersten Messer.

Er nahm seinen Stand, hob den Arm und legte den Körper zurück. Mit einem raschen Blick suchte er noch jene Ecke im Saal. Ein jähes Zittern ging über sein Gesicht, er ließ den Arm sinken und atmete schwer.

»*Coraggio, padre!*« rief das Kind mit seinem hellen, lachenden Stimmlein.

Hastig hob Antonio das Messer, die Klinge flog, zwischen den gespreizten Fingerchen des Kindes fuhr sie in das Brett – die Musik wurde lauter, rascher, immer stümischer –, Messer um Messer blitzte in der Luft, dumpf klangen am Brett die Schläge – und regelmäßig, eine neben der anderen, staken acht Klingen zwischen den Fingern des Kindes. Antonio verbeugte sich, und die zitternde Erregung der Zuschauer löste sich in johlenden Beifall; es waren aber viele im Saal, welche tief atmend den Kopf schüttelten und keine Hand zu rühren vermochten.

Signor Antonio trocknete sich mit einem Tuch die Stirne, wischte die Hände ab und faßte zwei lange Messer. Dabei kehrte er dem Saal den Rücken zu.

»Jetzt!« flüsterte am Künstlertisch eine Frauenstimme.

Der Blonde legte den Arm des schönen Weibes in den seinen, und hinter den Zuschauern, die wie eine Mauer standen, gingen die beiden hastig der Türe zu.

Jählings verstummte die Musik, Antonio warf die blitzende Klinge, dicht neben der Wange des Kindes fuhr sie in das Brett, die schwarzen Löcklein durchschneidend – wieder hob Antonio den Arm zum Wurf – da hörte man in der lautlosen Stille rasche Schritte auf den hohlen Bretterstufen vor der Saaltür. Antonio wandte, während sein Arm schon im Schwunge war, das Gesicht und wankte. Er wollte die Klinge noch halten – doch sie flog schon und bohrte sich zischend in das Brett. Mit einem schmetternden Tusch, der einen leisen Wehschrei des Kindes erstickte, fiel das Orchester ein; die Zuschauer brachen, von Herzen froh, daß das nervenquälende Schauspiel vorüber war, in stürmischen Beifall aus, und hastig fiel der Vorhang.

Man klatschte und klatschte. Doch Signor Antonio und sein tapferes Kind erschienen nicht, um zu danken.

Hinter dem Vorhang stand der ›Künstler‹ auf der Bühne und hielt das zitternde Mädchen an sich gedrückt, dessen durchschnittene Wange von Blut überronnen war. Antonios Gesicht war totenbleich, seine Zunge lallte, und während er mit dem einen Arm das Kind umschlang, streckte er den anderen, ins Leere greifend, gegen den geschlossenen Vorhang, nach jener Richtung, in der die Saaltür lag.

Leute kamen gerannt, ein Arzt erschien, man trug das Kind in die Garderobe, und während die Wunde verbunden wurde, stand Antonio wie eine steinerne Säule neben dem Bett. Als ihm der Doktor sagte, daß die Verletzung nicht gefährlich wäre und in wenigen Wochen heilen würde, schlug er die Hände vor das Gesicht und brach in Tränen aus.

»Bitte, bitte, nicht weinen!« lispelte das Kind und streckte das zitternde Händchen nach dem Vater. »Es tut nicht weh! Aber wo ist die Mamma? Bitte, bitte, Mammuccia soll zu mir kommen!«

Einer von den Bühnenarbeitern, welche die Tür der Garderobe umdrängten, lief davon, um Signora Lisa zu rufen.

Von Antonios Lippen löste sich ein röchelnder Schrei. Dumpf schluchzend stürzte er vor dem Bett auf die Knie.

Draußen im Saal wurde noch immer geklatscht und nach Signor Antonio gerufen.

Das klang wie die ferne Brandung eines Meeres.

Hans im Urlaub

Im weiten Hofe der Chevaulegers-Kaserne standen die Urlauber der zweiten Eskadron zum letztenmal in Reih und Glied. In regelmäßiger »Tachtung« spitzten sie die Ohren und horchten auf die schneidige Anrede, die ihnen der gestrenge Herr Rittmeister hielt, um ihnen zum Abschied auseinanderzusetzen, daß der »musterhafte« Soldat auch im Urlaub seine Pflichten hat, daß er auch im Urlaub die Ehre seines Rockes wahren muß und daß ihm gleichsam auch in der heimatlichen Dorfluft die Fahne flattern soll als Weiserin für eine lobenswerte Führung, als Warnerin vor Wirtshaushändeln und sonstigen Exzessen, die der Würde eines Vaterlandsverteidigers zuwiderlaufen. An diese theoretische Apostrophe schloß sich die kurzgefaßte Darlegung der praktischen Anwendung im »Nichteinhaltungsfalle«.

»Acht Tage Dunkelarrest für jeden, über den mir nach Ablauf des Urlaubs von irgendwelcher Seite eine Klage zukommen sollte. Habt ihr mich verstanden?«

»Zu Befehl, Herr Rittmeister!« scholl es unisono aus der langen Reihe.

»Also, dann soll es gut sein, wenn sich jeder das hinter die Ohren schreibt. Auseinander – marsch!«

Die Sporen klirrten, die Pallasche rasselten, und die Schar stob auseinander wie ein Bienenschwarm nach dem letzten Tropfen eines Gewitterregens.

Langsam zog der Rittmeister die weiß behandschuhten Finger durch den schwarzen Vollbart und schaute mit prüfenden Augen den Enteilenden nach. Dann plötzlich rief er mit lauter Stimme: »Johannes Kreiter!« – »Zu Befehl, Herr Rittmeister!« klang es frisch und kräftig zur Antwort, und einer der Urlauber kam zurückgeschossen, um vor seinem Vorgesetzten sich in stramme Positur zu stellen. Es war eine schlanke, sehnige Gestalt, welcher der dunkelgrüne Waffenrock mit den pfirsichroten Aufschlägen und den blitzenden Goldknöpfen wie angegossen saß. Unter dem Mützenrande kräuselte sich lichtblondes Haar hervor, ehrlich und sorglos blitzten die blauen Augen aus dem hübschen, sonnverbrannten Gesicht, und wie ein weißer Schmetterling auf einer Mohnblume saß das silbern schimmernde Schnurrbärtchen über den roten Lippen.

Mit freundlichem Wohlgefallen ruhten die Blicke des Offiziers auf der Gestalt des schmucken Soldaten.

»Johannes Kreiter! Sie haben gehört, was ich Ihnen und den anderen soeben vorgehalten habe. Aber Ihnen möcht' ich noch etwas sagen, das Sie ganz besonders sich zu Herzen nehmen sollen. Nicht etwa, weil ich glaube, daß Sie der erste wären, der sich im Urlaub gegen den soldatischen Anstand verfehlen wird – im Gegenteil. Aber so ein verwünschter Urlaub hat mir schon oft die besten Soldaten verdorben. Und mein allerbester Soldat sind *Sie* – durch Ihren unermüdlichen Eifer, durch Ihre tadellose Führung sowohl im Dienste wie außerhalb der Kaserne. Ich habe Freude an Ihnen, es würde mich also doppelt betrüben, wenn ich gerade von Ihnen nach dem Urlaub schlechte Dinge zu hören bekäme. Verstanden?«

»Jawohl, Herr Rittmeister!« erwiderte Hans, dem der helle Stolz aus den Augen glänzte.

»Und im entgegengesetzten Fall versprech' ich Ihnen, zum Unterschied von den anderen, *vierzehn* Tage.«

»Sehr wohl, Herr Rittmeister!«

»Na also, und somit adieu! Sie freuen sich wohl schon gehörig nach Hause, was?«

»Ich bin gern Soldat, Herr Rittmeister; aber daheim is's halt auch schön – mit Verlaub.«

»Natürlich! Und ein Mädel wartet wahrscheinlich auch schon, so ein properes, knallgesundes Frauenzimmer, was?«

»Is mir nix bekannt, Herr Rittmeister«, schmunzelte Hans errötend.

»Na, na, nur kein Jesuit sein! Und jetzt Gott befohlen! Und lustigen Urlaub! Rechtsum kehrt! Marsch!«

Klirrend schlug Hans in stramm ausgeführter Wendung die gespornten Absätze aneinander und schritt mit strahlendem Gesicht der Tür zu. Drinnen in dem Flur drängten sich seine Kameraden um ihn, und in neugierigen Fragen scholl es durcheinander: »Was hat er denn wollen? Was is denn g'wesen? Was hat er denn g'fragt?«

»Was er g'fragt hat?« lachte Hans. »Ob die Menaschknödel mir g'schmeckt haben heut auf Mittag.« Und in langen Sprüngen nahm er die Treppe.

Droben im Mannschaftszimmer entwickelte sich eine laute, lustige Geschäftigkeit. Die Armierungsstükke wurden zur Ablieferung hergerichtet, die Truhen geordnet und verschlossen, die Wanderbündel wurden gepackt, und eine Stunde später zogen die Urlauber, Hans unter ihnen, in fröhlichen Gruppen zum Tor hinaus.

Am liebsten wäre Hans schnurstracks zum Bahnhof gerannt, aber der Abschiedskneipe, die für den Nachmittag im »Schimmelwirtsgarten« angesetzt war, konnte er sich nicht gut entziehen. Es kostete ihn ohnehin noch Mühe genug, wenigstens den letzten nach Tölz führenden Abendzug zu erreichen. Zu später Nachtstunde langte er in dem kleinen Bergstädtchen an. Dort stand er eine Weile unschlüssig inmitten der stillen, dunklen Straße. Er hatte drei gute Stunden noch zu wandern, um seine Heimat, die Jachenau, zu erreichen. Sollte er nun in der nächtigen Finsternis hineinstolpern in das liebe Tal, nach dessen Anblick ihn gesehnt und gedürstet hatte zwei lange Jahre? Sollte er die alten Eltern, die sich nach schwerer Tagesarbeit des Schlummers freuten, aus dem guten Schlafe wecken und ihnen so das Wiedersehen, die Freude über seine Ankunft schmälern? War es nicht besser und schöner, wenn er am hellen Morgen heimkehrte, begrüßt von seinen lieben, sonnigen Bergen? Dann konnte er durch den Garten unvermerkt sich heranschleichen an das Haus und konnte, während in der Stube die alten Leutchen bei der Morgensuppe saßen, unvermutet an das Fenster klopfen. »Was is denn, wer is denn da?« würde der Vater oder die Mutter fragen, und dann konnte er mit einem Juhschrei antworten: »Ich bin's, Mutterl – dein Hansei – in Urlaub bin ich da!«

Als Hans in seiner Überlegung bei dieser vorgeahnten Zwiesprach' angelangt war, hatte er auch schon einen Entschluß gefaßt. Er stolperte auf das Bräuhaus zu, wo er eben vor Torschluß noch Einlaß erhielt. Die »Neiglhalbe«, die man ihm reichte, schmeckte ihm wie schäumender »Anstich«, und als in der Schenkstube die Lichter gelöscht wurden, streckte er sich mit einem behaglichen Seufzer auf die Holzbank, auf welcher er gesessen. Doch fand er keinen rechten Schlaf. Er machte nur ab und zu einen Nicker, und in diesem Wechsel von Wachen und Duseln flossen ihm Gedanken und flüchtige Träume bunt durcheinander. Wie hätte er auch ruhig die Augen schließen können bei dieser erwartungsvollen Unruhe, die ihn durchzitterte. Es gab ja neben Vater und Mutter, neben Haus, Tal und Bergen *noch* etwas, das ihm unablässig vor den Augen schwebte. Hans brauchte also keinen Wecker, um die vorgenommene Zeit des Aufbruches nicht zu versäumen. Wohl eine Stunde vor Eintritt der Dämmerung machte er sich auf den Weg – da mußte er um Tagesgrauen die große Isarbrücke erreichen und die Heimat gerade dann, wenn die Sonne mit dem ersten Blitzer herüberspitzte über die Lenggrieser Berge.

Leise pfeifend wanderte er auf der leicht betauten

Straße dahin. Von der ersten Hecke schnitt er sich einen Stock und schulterte ihn mit dem Bündel. Dann wieder pflückte er vom grasigen Straßenrand eine hohe Schmele und zernagte sie in Gedanken bis auf die Rispe, welche er schließlich in die ihm zur Rechten vorüberströmende Isar warf. Eine Weile lauschte er nun auf das Gurgeln und Rauschen des Wassers, und dabei fiel ihm ein, wie es die Menschen in den Bergen um so vieles besser hätten als die Isar. Denn wenn die Menschen hinausziehen müssen in die öde, flache Ebene, wo ihnen das Herz vergehen möchte vor Sehnsucht nach ihren lieben Bergen, so kommt ihnen doch einmal wieder die Stunde, wo sie die Schusterrappen zur Heimkehr satteln können. Für das arme Wasser aber, das doch auch ein Kind der Berge ist, gibt es nur immer ein Scheiden, doch keine Rückkehr und kein Wiedersehen. Deshalb tönt wohl auch, meinte er, das Rauschen aller Bergwässer gar so schwermütig, denn was die Wellen zu sagen haben, ist ja nichts anderes als ein ewiges »Behüt dich Gott!« Da hat es der liebe Herrgott mit den Menschen doch besser gemeint. Bei diesem Gedanken blickte Hans in die Höhe, und als er zwei große, im Erlöschen heftig flimmernde Sterne sah, kam es ihm vor, als blinzle ihm Der dort oben mit seinen leuchtenden Gottesaugen ein freundliches »Hast schon recht, Hansei!« durch den blaudämmernden Himmel zu.

Hans schmunzelte. Er kam sich so gescheit vor bei diesen Gedanken. Er wußte sich eben nicht zu sagen, daß, was er fühlte, nur zum kleineren Teil sein eigenes

Empfinden war, zum größeren, besseren Teil die erhebende Wirkung der Natur, welche in keiner Zeit so innig und verständlich zu den Menschen redet als in der Kindheit eines neugeborenen Tages, im Morgengrauen, da aus jedem ihrer Atemzüge erquickende Frische weht, da jeder ihrer träumerischen Laute so geheimnisvoll und doch so deutlich an das Ohr des lauschenden Menschen schlägt und da sie ihm in keuscher Unschuld ihre Schönheit zeigt, gleich einem schönen, schlummernden Weibe, das durch die ersten, leisen Bewegungen im Erwachen unbewußt und sorglos seine zärtlichsten Reize enthüllt. Kaum aber stellt sich der junge Tag ein wenig auf die eigenen Füße und hebt ein Lallen und Lärmen an, dann zieht sich die Natur verschüchtert in sich selbst zurück, wie eine Schnekke in ihr schimmerndes Haus.

Dieses Lärmen und Lallen des erwachenden Tages fing schon an, als Hans die Isarbrücke erreichte. Vom Lenggrieser Kirchturm scholl das Morgenläuten herüber, in den zerstreuten Gehöften brüllten die Kühe und schlugen die Hunde an, verwischte Menschenstimmen ließen sich von überall vernehmen, Peitschenknall, Hufschlag und Rädergerassel näherten sich auf der Straße, und von der Isar klang das Schreien und Schelten der Flößer, die sich schon an ihre schwere, nasse Arbeit machten.

Jenseits der Brücke nahm den Wandernden ein dämmeriger Laubwald auf. Hier waren die Vögel schon munter und huschten zwitschernd unter den Wipfeln umher, durch deren Blätter der fahle Himmel mit seinen verirrten, in zarter Röte leuchtenden Wölklein niederblickte.

Am Abhang eines kleinen Hügels trat Hans aus dem Walde, und beim Anblick des lieben, lang entbehrten Bildes, das nun vor ihm gebreitet lag, schoß ihm das Wasser in die Augen. Hingestreckt in stundenweite Ferne dehnte sich zu seinen Füßen das schöne, üppige Jachenauer Tal, überhaucht von allem Duft des Sommermorgens. Leichte Nebel, den stillen Lauf der Jachen bezeichnend, schwebten noch über den saftiggrünen Wiesen, die von zahllosen Baumgruppen durchsetzt, von hundertfältigen Planken und Hecken durchzogen waren.

Überall, wo sich in der Nähe der Straße, deren weiße Serpentinen abwechselnd in dem schönen grünen Grunde aufleuchteten und wieder verschwanden, die Bäume dichter aneinanderdrängten, lugten durch ihr Laubwerk die hellen Mauern der Gehöfte oder streckten über ihre Wipfel sich die braunen und roten Dächer, von welchen dünne, bläuliche Rauchsäulen sich senkrecht in die vom Morgenschatten noch überschleierte Luft erhoben. Über den langgestreckten, dichtbewaldeten Isarhöhen, die das Tal zur Linken begrenzen, wie über den Walchenseer Bergen, die den dunklen Hintergrund bilden, glänzte noch kein Sonnenstrahl. Doch über die kahlen Schroffen und steilen Abstürze

Hingestreckt in stundenweite Ferne dehnte sich zu seinen Füßen das Jachenauer Tal.

der Benediktenwand, die das Tal zur Rechten abschließt gegen das Tölzer Vorland, webte schon das steigende Gestirn sein leuchtendes Farbenspiel, und tiefer von Minute zu Minute senkte sich dort oben der goldene Glast über die mächtigen Schutthalden, über die langgestreckten Latschenfelder und über die lichtgrünen Almgehänge dem Bergwald zu.

Wie angezaubert stand Hans noch immer auf der gleichen Stelle und schaute mit trunkenen Blicken ringsumher. Alles, jeder Fels, jeder Baum und Grashalm schien ihm so bekannt, und dennoch sah er alles in neuem Lichte, in neuer, doppelter Schönheit. Heimat! Heimat! Du wundersüßes Wort, wie weißt du doch in der Stunde des Wiedersehens die Seele des nach langer Trennung Heimwärtskehrenden zu durchtränken mit ungeahnter Wonne und seligem Entzükken! Wie ein Abglanz der Sonne, die über den Höhen leuchtete, lag es auf dem Gesichte des Burschen. Tief atmete er auf, fuhr sich mit zitternder Hand über die feuchten Augen und wanderte mit hastigen Schritten weiter.

Bald traf er einen, der ihn kannte, der ihn mit freundlichem Gruße anrief und zu kurzem Geplauder festhielt. Das wiederholte sich noch öfters, und so kam es, daß die Sonne schon über allen Wiesen lag, während Hans noch eine halbe Wegstunde vom eigentlichen Dorf entfernt war. Nun tummelte er sich aber, daß ihm vom raschen Gange bald die Stirne glühte. Dabei achtete er mit keinem Blick auf die Gräser und Blumendolden des Wegrandes, auf denen der Tau gleich tausend Edelsteinen blitzte, mit keinem Blick auf das schimmernde Sonnenspiel im Laub der Bäume, auf das blendende Gleißen des Wassers in den Wiesenteichen und im leise rinnenden Bach, auf die ganze, funkelnde, glitzernde Schönheit, die ihn umgab. Er eilte mit den Augen nur immer dem Wege voraus und suchte zwischen Dächern und Bäumen den First des elterlichen Hauses. Nun leuchteten seine Blicke: Neben der Kirche sah er den schmalen, braunen Giebel hervortauchen, hinter dessen kleinem Fensterlein sein Stübchen lag. Wie er es wohl finden würde? Natürlich in bester Ordnung. Dafür kannte er ja sein Mutterl. Und die Mutter selbst, und der Vater? Ob sie sich wohl verändert hatten in diesen zwei langen Jahren? Ein paar graue Härchen mochten sie wohl mehr bekommen haben, sonst aber würde er sie sicher frisch, gesund und zufrieden treffen. Und die Wiesen und Felder? Und die wohlgenährten Inwohner des Stalles? Und Jackl, der weißhaarige Spitz? So drängte sich ihm Frage um Frage auf, und er beantwortete sie alle, wie es seine Sehnsucht, seine Erwartung nur wünschen konnte.

Allmählich aber nahmen seine fröhlichen Züge einen bedächtig sinnenden Ausdruck an. Auch war es nicht mehr jenes dunkle Dach, das seine Blicke gefangen hielt, sondern ein weißglänzendes, stattliches Bauerngehöft, das er hart neben dem Elternhause aus dichten Obstbäumen langsam hervortreten sah. Zwischen diesen weißen Mauern waren die beiden Jahre wohl auch nicht spurlos vorübergegangen? Ob wohl der Kirchbauer noch immer so knorrig und kurz angebunden wäre? Und die Bäuerin noch immer so lustig und riegelsam? Und wie es wohl seinem einstigen Schulkameraden, dem Franzl, erginge, und dem kleinen Steffel, und – und –

Ja, dieses »und«! Vor zwei Jahren war's ein achtzehnjähriges Dirnlein gewesen, schlank aufgeschossen, mit braunen Hängezöpfen und schüchternen Augen. Hans hätte von sich und der Rosl eine lange Geschichte erzählen können, wenngleich in dieser Geschichte von nicht viel anderem zu berichten war als von Herzklopfen und unbehilflichem Lächeln auf der einen Seite, von Erröten und scheuen Blicken auf der anderen. Bei Hans aber hatte diese Geschichte in den beiden Jahren still und langsam sich weiter entwickelt, hatte in seinem Herzen ein stetig sprossendes Leben geführt, mit sanften, glatt sich lösenden Konflikten, mit einem selig vorgeahnten Schluß. Bei der Rosl jedoch – in welchem Kapitel mochte bei ihr die Geschichte stehen? Ja, wer ihm das hätte verraten mögen!

Während er so in immer mehr sich verzögerndem Weiterschreiten alles aus seiner Erinnerung zusammentrug, was eine befriedigende Antwort auf jene Frage befürworten konnte, hörte er plötzlich auf dem nieder eingeplankten Wege rasche, leichte Tritte sich nähern. Hastig blickte er auf und sah um eine buschbesetzte Ecke eine Dirne biegen, die eine blitzende Sense über der rechten Schulter trug.

Dem Hans gab's im Herzen, was man so sagt, einen Riß. War das die Rosl – oder war sie's nicht? Diese schlanke und dennoch wohlgerundete Gestalt in dem schwankenden, dunkelgrünen Wollröcklein, in dem schwarzen, straff anliegenden Mieder, und in dem geblumten Fürstecktuch, unter dessen roten Fransen sich die weißen Linnenärmel niederbauschten bis zu den Ellenbogen der vollen, sonngebräunten Arme? Der grüne Filzhut mit den glänzenden Quasten schien in der Sonne wie von Feuer umwoben; wie Goldfäden schimmerten die Zaushärchen an den Schläfen, und leuchtende Linien umsäumten die ganze Gestalt. Ein rosiger Schatten lag über dem Gesichte, das wohl nicht schön zu nennen war, aber es schaute so frisch und freundlich, so anziehend und gewinnend in die Welt – dazu blinkten zwischen den roten Lippen die weißen Zähne hervor, und die dunklen Augen glänzten wie schwarze Kirschen.

»Kreuzsaxen – das Deandel hat sich aber ausg'wachsen!« stammelte Hans, dem der Herzschlag zu einem völligen Wirbel geworden. Und bedenklich schwankte ihm die Stimme, als er die Dirne anrief: »Rosl – meiner Seel' – ja grüß dich Gott, Rosl!«

Längst hatte Rosl ihn gesehen und erkannt. Jähe Blässe und rasch darauf eine brennende Röte war über ihre Züge geflogen. Und unter diesem Erröten zuckten ihre Lippen, blickten ihre Augen so finster, und furchten sich zwischen ihren Brauen zwei zornige Fältchen. Dann aber machte sie mit dem Kopf eine hastige Bewegung, als wollte sie irgend etwas, das sie drückte, von sich abschütteln, als wollte sie sagen: »Ach was – geht's denn mich was an!« Und nun war alles verflogen, was auf Zorn und Ärger deuten konnte, und ihre Augen blitzten wieder hell, als sie dem Burschen die Hand entgegenstreckte und ihn mit fröhlicher Stimme anrief: »Grüß dich Gott, Hans! Grüß dich Gott auch! Laßt dich auch wieder einmal anschaun in der Jachenau? Also – halt ein' guten Einstand im Urlaub!«

»No schau, ein' bessern Einstand hätt' ich ja nie net haben können, als daß mir du am Weg in die Händ' 'neinlaufst!« erwiderte Hans, drückte und schüttelte Rosls Hand und schaute ihr mit leuchtenden Blicken in die Augen. »Aber jetzt sag nur grad, wie geht's dir denn allweil? Und sauber, Deandel, sauber bist worden – schier net zum Sagen!«

»Geh weiter – passiert schon!« schmollte sie und zwinkerte ihn gar eigen von der Seite an. »Auch wieder einer, der 's Komplimentmachen g'lernt hat in der Stadt! Schöne Sachen, die man lernt da drin – und –«

Sie unterbrach sich, zog das Mäulchen auf, und wieder erwachte in ihren Augen jener feindselige Blick.

Er aber lachte nur. »Ah ja, g'hobelt wird einer schon da drin!«

»Soso? Und da meinst wohl, es wär' kein Wunder, wann einer dabei Schaiten lassen* müßt'?«

Jetzt stutzte Hans aber doch. Er zog die Brauen in die Höhe und wollte schon eine Frage stellen. Da entzog ihm Rosl ihre Hand und machte eine Bewegung, wie um an ihm vorüberzuschreiten und weiterzuwandern. Darüber vergaß er jene Frage und stellte die an-

* Späne lassen; im bildlichen Doppelsinn: alles Ungeschlachte ablegen – aber auch: an Wert und Kraft verlieren.

dere: »Ja was is denn? Pressiert's denn gar so arg? Wo mußt denn hin?«

»In die Brandwiesen 'nauf. Die untere Hälften hab' ich gestern schon g'mäht, aber 's Heu is nix 'worden, weil d' Sonn' kaum ein paarmal rausg'spitzt hat aus die Wolken. Heut aber hat der Vater g'meint, könnt's dengerst gut werden, so daß er die gestrige Mahd einführen könnt' bis auf Mittag. Und 's Frischg'mähte könnt' nachher bis auf den Abend gut sein, wenn d' Sonn' anhalt' und wann ich mit dem Mähen fertig werd' bis um neune.«

»Da därf ich dich freilich net aufhalten – aber das wirst ja doch verlauben, daß ich ein Stückl mitgeh'!«

Sie sagte nicht ja, sie nickte nicht einmal, sondern setzte sich nur langsam in Bewegung. Keine Antwort ist auch eine, mochte Hans wohl denken, und während er sich dicht an Rosls Seite hielt, leitete er das Gespräch wieder ein: »Weswegen hat denn der Vater net dein' Bruder ins Mähen g'schickt, den Franzl?«

»Der hat die ganze Woche mit'm Holzführen z' schaffen.«

»Ah so! Aber sonst geht's ihm doch allweil gut, was?«

Natürlich ging's ihm gut, und dem kleinen Steffel auch, ebenso dem Kirchbauer und der Bäuerin, und nachdem das Wohlbefinden dieser beiden abgetan war, brauchte das Gespräch aus dem Kirchbauernhof nur hinüberzuspringen über die Straße, um mitten drin zu sitzen zwischen Hans und seinen Eltern. Nun hatte Rosl dem Burschen ein langes und breites zu erzählen, wie fleißig allzeit die alten Leutchen gewesen, wie frisch und musper sie wären, und daß man seit langen Monaten keine andere Rede von ihnen hätte hören können, als wann ihr Hansl in Urlaub käme. So ging es mit Frag' und Antwort hin und her, und dabei wunderte sich Hans nur über das eine, daß Rosl sich mit keinem Wort danach erkundigte, wie es denn ihm selbst ergangen wäre in diesen zwei Jahren.

Da hub er schließlich aus freien Stücken von seiner Soldatenzeit zu plaudern an und schilderte das Kasernenleben sowie die Abenteuer des Exerzierplatzes und der Reitschule so lustig, daß Rosl ein um das andere Mal hell auflachen mußte. Aber zwischen Lachen und Lachen zeigte ihr Gesicht ein gar seltsames Mienenspiel, das mit ihrer lauten Fröhlichkeit durchaus nicht harmonieren wollte. Da zuckten ihre Lippen so spöttisch und ungläubig, und immer wieder schaute sie mit so zweifelndem Blick zu ihm auf, daß er einmal losplatzte: »Aber was hast denn, was schaust mich denn allweil so g'spaßig an?«

»No ja, man wird dich doch noch anschaun dürfen!«

»Jetzt das is eigentlich schon wahr – und am End' weiß ich auch net, warum ich so dumm g'fragt hab'. Denn daß ich dir's sag': je mehr du mich anschaust, so lieber is mir!«

Eine verfängliche Pause trat ein. Hans selbst schien über das Wort erschrocken, das er gesprochen, und Rosl, die das dunkelrote Gesicht zur Seite gewandt hielt, unterzog den Graswuchs der Wiesen einer eingehenden Betrachtung. Schweigend schritten sie eine Weile nebeneinander her, bis Rosl die Backen aufblies und mit einem Seufzer meinte: »Heut macht's aber schon eine damische Hitz' in aller Fruh'!«

»Ja, sakrisch heiß wird's heut'«, erwiderte Hans mit kleinlauter Stimme. »Wirst es sehen, dein Heu wird gut, ehvor noch dran denkst!«

Rosl versicherte, daß ihr das besonders lieb wäre, nachdem das Heu der übrigen Wiesen nicht gerade im besten Zustand unter Dach gekommen. Die Gründe dieser betrübenden Tatsache gaben Stoff zu weiterem Gespräch, und sie wurden mit so wichtigem Ernst behandelt, daß die beiden nicht mehr des Weges achteten und selbst verwundert schienen, als sie plötzlich vor der »Brandwiese« standen, die inmitten eines sanft ansteigenden Buchengehölzes lag.

Über die Ränder des grünen Grundes warfen die Bäume ihre goldig umsäumten Schatten, und während auf der unteren Hälfte der Wiese das gestern gemähte Gras zu langen Reihen gehäuft war, gaukelten Hunderte von Schmetterlingen um die Blumen des noch stehenden Grases, aus dem die erwärmte Luft in zitternden Wellen aufwärts stieg.

»Jetzt da schau«, meinte Rosl, wobei sie die Sense von der Schulter nahm, »jetzt hast dich vor lauter Plauschen bis da rauf verstiegen. Geh weiter, jetzt mußt dich schon tummeln, daß du heimkommst. Kannst ja doch deine alten Leutln net gar so lang auf dich warten lassen – wegen nix und wieder nix!«

»Wegen nix und wieder nix?« lächelte Hans diplomatisch. »No ja, so wenn du's meinst, muß ich mich freilich auf die Füß' machen. Aber grad' sehen möcht' ich noch, wie du bei der Schneid bist und wie dir 's Gras fallt unter der Seges.«

»Da wirst nix b'sonders net sehen«, brummte Rosl ein wenig ärgerlich, trat an den Rand des stehenden Grases und schwang die Sense. Aber sei es, daß die prüfenden Augen des Burschen sie störten oder daß ihr sonst die Arbeit nicht recht von der Hand gehen wollte – sie war nicht besonders »bei Schneid«, das Gras fiel ihr wirr über die Sense, statt zu einem ebenen Streifen sich zusammenzulegen, und häufig mußte sie die gleiche Stelle zum zweitenmal übermähen, weil sie beim ersten Schnitte alzu hohe Stoppeln hatte stehen lassen. Da schalt sie nun mit ärgerlichen Worten auf das Gras, das schon zu trocken wäre, und weiterhin gab sie ihrem Vater die Schuld, der die Sense am verwichenen Abend nicht scharf genug gedengelt hätte.

»Geh her, laß anschaun!« lächelte Hans, nahm ihr die Sense aus der Hand und prüfte die Schneide mit dem Daumennagel. Obwohl er von dieser Prüfung völlig befriedigt schien, ließ er sich den Wetzstein reichen, den Rosl in einem hölzernen Kübelchen an der linken Hüfte trug, und wetzte drauf los, daß es im Wald ein zischendes Echo gab. »Sodala! Jetzt mein' ich, schneids! Probieren wir's halt!« Er spreizte die Füße, bückte sich ein wenig und schwang mit kräftigen Armen die Sense. Schmunzelnd schaute Rosl ihm zu; sie schien ihre helle Freude daran zu haben, wie nun das Gras so glatt und sauber unter jedem Schnitte fiel und wie es zu einem Streifen sich reihte, so gleichmäßig und eben, als wäre er mit dem Lineal gezogen.

»Du kannst es aber! Von der Bauernarbeit wenigstens hast nix verlernt – drin in der Stadt. Aber jetzt gib her – wirst dich doch net plagen da!«

»Plagen? Gott bewahr'! Das ist mir ja grad eine liebe Unterhaltung. Ich möcht' schier gar nimmer aufhören, so g'freut's mich wieder, 's Arbeiten daheim!«

Lächelnd ließ sie ihn gewähren, holte einen im Walde versteckten Rechen herbei, und hinter Hans einherschreitend breitete sie mit dem Rechenstiel das gemähte Gras zum Trocknen aus. Als Hans den ersten Streifen durchgemäht hatte, warf er den Waffenrock ab, stülpte die Hemdärmel in die Höhe, und sosehr auch Rosl schmollen, schelten und sich sträuben mochte, sie mußte ihn wieder zur Sense greifen lassen. Nun ging's mit dem Mähen noch flotter vorwärts. Manchmal plauderten sie eine Weile, dann wieder arbeiteten sie schweigend weiter. Dabei verging ihnen die Zeit wie im Flug, und als nach etwa vier Stunden der letzte Grashalm gefallen war, stellten sich die beiden voreinander hin und schauten sich lachend in die Augen.

»Also, Rosl – was sagst jetzt?«

»Was soll ich denn sagen? Gar nix! Lachen tu ich!«

Und wieder klang es lustig zusammen, sein helles Lachen und ihr fröhliches Kichern.

Da scholl aus dem tiefen Gehölz ein kreischender Juhschrei.

Rosl erschrak und stotterte: »Jetzt is gut, jetzt bringt mein kleiner Bruder, der Steffel, 's Essen! Geh weiter, Hans, um Gottes willen tu ich dich bitten, jetzt mußt dich verstecken! Wenn der Steffel daheim verzählen tät', daß er dich bei mir daheroben 'troffen hat, was müßten denn meine Leut' nachher denken von uns!«

Er besann sich nicht lange, sprang auf seinen Waffenrock zu, raffte ihn von der Erde und huschte hinter das nächste Gebüsch. Von dort aus sah er mit an, wie Steffel über die Wiese heraufstolperte, wie Rosl das an einem Stricklein hängende Geschirr in Empfang nahm und wie sie ihre ganze Überredungsgabe aufbot, um den kleinen Knirps, der sich wohl lieber ein paar Stunden im Heu gekugelt hätte, wieder zu schleuniger Heimkehr zu bewegen. Während Steffel mit verdrossenem Gesichte gegen das Tal hinunter schlenderte, setzte sich Rosl unter eine schattige Buche und begann zu essen. Als sich Hans nun wieder blicken ließ, empfing sie ihn mit ärgerlichem Gesicht und finsteren Augen. Darüber verging ihm das Lachen; er schaute sie verwundert an und setzte sich kopfschüttelnd an ihre Seite.

»Da – z'erst hast mir bei der Arbeit g'holfen – jetzt kannst mir auch helfen beim Essen«, brummte sie und hielt ihm die Schüssel hin.

Der Ton ihrer Einladung schien ihn nicht sonderlich anheimelnd zu berühren. Er zuckte die Achseln und erwiderte mit der Miene eines Gekränkten: »Ich dank' dir schön, ich hab' noch kein' Hunger net!«

»No also – und mir is auch der Appetit vergangen!«

Unwillig stellte sie das Geschirr beiseite, ließ die Unterlippe hängen und starrte wie in trüber Kümmernis zum lichten, wolkenlosen Himmel auf.

»Aber geh, Rosl, was hast denn jetzt auf einmal?« lenkte er begütigend ein und rückte ein wenig näher.

»Was werd' ich denn haben? Giften tu ich mich! G'schieht mir aber schon recht! Ich selber hätt' die G'scheiter' sein müssen und hätt' net zugeben sollen, daß mit da raufgehst!«

»No, und was is denn nachher dabei? Is denn das gar so was Schiechs, daß ich mit'gangen bin?«

»So? Und wenn dich der Steffel g'sehen hätt'?«

»So hätt' er mich halt g'sehen! Hättst da deine Leut' nachher verzählen können, wie's g'wesen is!«

Energisch schüttelte Rosl den Kopf. »Ah na! Ich dank' schön! Ja – ein andrer wann's g'wesen wär', da hätt's mir selber gleich sein können – aber – aber grad du!«

Diese Worte übten auf Hans eine ganz andere Wirkung aus, als sie wohl sollten. Er hörte nicht ihren scharfen, bitteren Ton, sondern hörte nur ihren Sinn, nur jenen Sinn, der für sein eigenes Empfinden der einzig mögliche war.

»Grad ich?« lächelte er leise vor sich hin, und es leuchteten ihm die Augen, mit denen er das Mädchen von der Seite betrachtete. »Grad ich! No schau, und da wär' ja erst recht nix Übles dabei, wenn die Leut' dazu sagen täten: ›Ah, so was! Grad der Hans!‹ Kannst mir's glauben, Rosl, das wär' mein ganzer Stolz und mein' einzige Freud'!«

»Jetzt den schau an, wie der daherred't«, stotterte sie, halb befangen und halb entrüstet. »Meinst leicht, bei uns heraus geht's auch so wie in der Stadt?«

»No freilich, wie soll's denn anders sein? Ob heraußen im Dorf oder drin in der Stadt – bei so was gibt's grad ein' einzige Sprach' –, und ein Herrischer kann's seiner Liebschaft auch net viel anders sagen, als wie's bei uns ein Bursch sei'm Dirndl sagt – wann er ihr sagen will, daß er ihr gut is. No also – und so soll's halt g'sagt sein, Rosl – ich bin dir gut! Aber ich mein', ich hätt's net erst noch sagen brauchen – ich bild' mir ein, du hast es lang schon g'spürt! Grad ich, Rosl – gelt, grad ich? Und so ist's ja net erst seit heut. Wenn dich aufs Lesen verstanden hast, so hast mir's ja vor zwei und drei Jahr schon aus den Augen lesen müssen. Und die ganze Zeit drin in der Stadt, da hab' ich kein anders Denken net g'habt als wie an dich. Und heut in der Fruh' den ganzen Weg her – alleweil du und alleweil du. Und schau, da war ich ja dengerst in mei'm guten Recht, wenn ich dir g'sagt hab' nach'm ersten Gruß: ich hätt' mir ein' bessern Einstand in der Heimat net wünschen können, als daß mir grad du am Weg in die Händ' 'neinlaufst. Grad du, Rosl – grad du!«

All diese Worte hatte er so offen und ehrlich aus seinem Herzen herausgesprudelt, dazu hatte seine Stimme einen so warmen, innigen Klang, und ein so helles Leuchten war in seinen Blicken, daß Rosl, wären nicht von irgendeinem dunkeln Etwas ihre Augen umflort gewesen, wohl deutlich hätte merken müssen, wie es in Wahrheit um Hans bestellt war.

So aber saß sie regungslos, mit zuckenden Lippen, mit gefurchter Stirn und einem so finsteren Gesicht, als wäre ihr die unsagbarste Kränkung widerfahren, als hätte sie vor Zorn und Ingrimm in diesem Augenblick die ganze Welt vergiften mögen.

Hans jedoch blickte noch immer träumerisch lächelnd vor sich hin, und als er nun das Gesicht hob und ihre drohende Miene sah, verstärkte sich nur sein Lächeln. Vertraulich neigte er sich zu ihr, drückte sachte den Ellenbogen an ihren Arm und flüsterte: »No also, Rosl, geh, schau, jetzt mußt halt auch rausrücken mit der Sprach'! Oder – hat's dir am End' die Red' verschlagen, weil ich gar so scharf ins Zeug geh'? Aber weißt, der Urlaub is kurz, und so eine gute Stund' kommt ja net gleich wieder – drum hab' ich mir halt denkt, ich muß die schöne Zeit auch recht schön ausnutzen!«

»Ausnutzen? So? Ausnutzen?« fuhr Rosl jählings mit schneidender Stimme auf. »Ah na, mein Lieber! So weit is's allweil noch net mit uns! Für dasmal hast dich wohl 'täuscht mit der guten Stund'! Mein' schier, es wird dir nix nutzen – mit'm Ausnutzen – bei mir wenigstens net! Eine solchene bin ich noch lang net, wie du eine brauchst, du – du –«

Die Worte erstickten ihr in krampfhaftem Gelächter; aber es mochte ihr wohl nicht gar so lächerlich zumute sein, denn während sie lachte, rannen ihr die dicken Tränen über die Wangen – und nun plötzlich schlug sie beide Hände vor das Gesicht und brach in bitterliches Schluchzen aus, das ihren ganzen Körper erschütterte.

»Jesus Maria«, stotterte Hans erschrocken, »jetzt is's gut – jetzt wird's aber Ernst! Rosl, Rosl – ja mein Gott – ja was is dir denn – so sag nur grad –«

Er wollte ihr die Hand vom Gesichte niederziehen, sie aber riß sich gewaltsam von ihm los, und während alles an ihr zitterte und bebte, schluchzte sie: »Ja – sagen – ja freilich will ich dir's sagen – du! Gar net wissen kannst ja, was du mir an'tan hast, na, gar net wissen! Und wahr is's – jetzt grad mit Fleiß – jetzt grad will ich's net leugnen, wie gut ich dir g'wesen bin! Gern hab' ich dich g'habt, seit daß ich denken kann. Und gar kein' andern hab' ich ang'schaut, weil ich g'meint hab', es gibt kein' Brävern und kein' Bessern net als wie der Hans. Und selbigsmal, wie du fort bist zur Militari, da hast mir grad dein' Hand hinboten und nix hast g'sagt als: B'hüt dich Gott! Ich aber hab' mir denkt, es wird schon noch recht werden mit uns – aber weil's mir halt gar so arg g'wesen is, daß du fort hast müssen, bin ich die ganze Nacht in meiner Kammer g'legen, und nix als g'weint hab' ich, nix als g'weint und g'weint.«

Und unter der drückenden Erinnerung an jenes Weinen flossen ihre Tränen noch reichlicher als zuvor.

»Rosl, Rosl«, stammelte Hans, »so tu dich doch trösten – so schau, es wird ja jetzt recht mit uns!«

»Na, nie und nimmer im Leben! Mit uns is's aus! Und du allein, das kann ich dir sagen, du allein bist schuld dran! Mir daheim, mir is kein' Stund' net vergangen, wo ich net deiner denkt hab'. Grad sehen hab' ich wen dürfen von deine Leut', so bin ich drauf zug'schossen und hab' g'fragt, ob s' nix wissen von dir und wie's dir geht – und den Schnaufer hab' ich verhalten, sooft ich wen reden hab' hören von dir. Und du in der Stadt drin – du treibst derweil solche Sachen! Daß du von einer Straf' in die ander' 'kommen bist –«

»Was? Was is jetzt das?«

»Ja – und daß dich bald keiner von deine Kameraden nimmer mögen hat und daß dir ein jeder ausg'wichen is, der was halt't auf ein' ordentlichen Umgang. Ja – und daß dich schier nimmer aus'kennt hast vor lauter Schulden – und – und daß dich die Weiberleut' g'scheut haben auf Schritt und Tritt, weil du alle acht Tag' eine sitzen hast lassen – ja – und überhaupt – weil dich aufg'führt hast, daß gar kein rechtschaffener Mensch nimmer ein' Respekt vor dir haben kann, na, gar keiner net! Und mir – mir is das letzte Bröserl Lieb' vergangen!«

Sie versuchte tief aufzuatmen, aber es wollte ihr nicht gelingen, denn das Schluchzen stieß sie – die Leute sagen: wie ein Bock.

Hans saß mit offenem Mund und aufgerissenen Augen, als hätte er einen betäubenden Schlag vor den Kopf erhalten. Solange Rosl gesprochen, hatte sein Gesicht in brennender Röte geglüht, nun aber wich dieses glühende Rot einer fahlen Blässe, und während er von der Erde emporsprang, fuhr es ihm in bebenden Worten über die bleichen Lippen: »Eins grad, Rosl, grad eins will ich dich fragen – wer hat dir solchene Schlechtigkeiten sagen können von mir?«

Rosl fuhr sich mit den Handballen über die nassen Augen und schwieg.

Da schüttelte er sie zornig am Arm und schrie: »Red, sag' ich – red!«

»Ich sag' dir's net! Ich will kein' Handel net stiften und will net schuld sein, daß's eine Schlagerei absetzt!«

»Ah so? Da hast halt Mitleid mit dem andern, gelt?

So muß ich dir halt selber ein' Namen nennen – der Müllernaz – der im Frühjahr von die Soldaten frei worden is, der einzige vom Dorf, der in der gleichen Garnison g'wesen is mit mir – red, sag' ich – is er's, oder is er's net?«

»Ich sag' nix, und da kannst jetzt fragen, wie du magst!«

»Gut – also gut! Aber eine letzte Frag', die muß ich ja dengerst noch stellen: du, Rosl – und du hast solchene Schlechtigkeiten glaubt von mir?«

Sie blinzelte mit scheuen Augen zu ihm empor, aber sie hielt seinen flammenden Blick nicht aus, und weil ihr von neuem die Tränen kamen, fuhr sie mit der Schürze zum Gesicht.

Da griff er mit zitternder Hand nach seiner Mütze.

»Wann du jetzt nix z' reden hast – nachher is's freilich ausg'redt zwischen uns! B'hüt dich Gott, Rosl – b'hüt dich Gott!«

Kurz wandte er sich ab – noch einmal blickte er über die Schulter zurück, aber Rosl sprach kein Wort und rührte keine Hand – und da drückte er die Mütze auf das krause Haar, schritt quer über die Wiese hinunter, suchte sein Bündel und seinen Stock und verschwand im Gehölz.

Nun gab es zu Hause freilich kein so lustiges Wiedersehen, als sich Hans auf seiner Morgenwanderung das ausgemalt hatte. Wohl hatten die beiden alten Leutchen über die Ankunft ihres Buben eine zitternde Freude; während aber Hans am Abend mit dem Vater ins Wirtshaus ging, hatte die Mutter Kreiterin rings um die

Kirche von Haus zu Haus zu erzählen, wie »gar viel traurig« ihr Hansl in Urlaub gekommen wäre; und dann in der Nacht, da fuhr sie sich immer wieder mit den dürren Händen in die grauen Haare und seufzte so häufig und laut, daß der Vater Kreiter immer wieder zu brummen hatte: »Jetzt schlaf amal, Alte!«

Am anderen Morgen aber machte die Mutter große Augen, als Hans mit einem Gesicht in der Stube erschien, aus welchem alle Traurigkeit verflogen war. Es sah sich an, als hätte er mit dem heimischen Gewand einen anderen Menschen angezogen. In seinen Augen war ein sorglos ruhiger, heller Blick, eine glückliche Zufriedenheit sprach aus seinen Mienen, und heiter lächelten seine Lippen.

Während sie zusammen die Morgensuppe aßen, begann er von seinem Soldatenleben zu erzählen und fing dann zu fragen an, wie es denn all die Zeit her im Dorfe zugegangen wäre, wo man getauft hätte und wo der Tod zu Gevatter gestanden, ob es irgendwo eine Hochzeit gegeben, ob irgendwo eine solche bald in Ausicht stünde?

Da hatte die Mutter Kreiterin natürlich zu erzählen und zu plauschen, daß sie fast kein Ende finden wollte.

»No? Und drüben beim Kirchbauer? Rührt sich da noch nix? Für den Franzl, mein' ich, wär's allweil Zeit, daß er sich um eine G'sellin umschauet – und die Rosl is doch auch schon in die Jahr'!«

Natürlich hatte sich der Franzl schon umgeschaut, und in acht Wochen, gerade einen Tag früher, bevor Hans wieder fort mußte in die Stadt, sollte der Kirchbauerfranzl Hochzeit halten. Seine Schwester aber, die Rosl, scheine sich mit dem Umschauen Zeit zu lassen. Das wäre eine gar Stolze. Von allen Burschen im Dorf stünde ihr keiner zu Gesicht, und der Müllernaz', der sich seit dem Frühjahr um die Rosl schier die Füße krumm laufe, der scheine ihr am allerwenigsten zu gefallen.

»Soso? Der Müllernaz?« lächelte Hans, dann schob er den Teller zurück, wischte am Tischtuch den Löffel sauber und sagte: »Jetzt aber, Vater, mußt mich einweisen in die Arbeit. Denn die paar Monat' über, wo ich da bin, sollst du und die Mutter ein gut's Rasten haben.«

Und dieses Wort machte Hans in den kommenden Tagen und Wochen auch zur Wahrheit. Er legte sich so wacker ins Zeug, daß dem Vater Kreiter und seiner alten Bäuerin nichts anderes mehr zu tun blieb, als auf der sonnigen Hausbank zu sitzen und die Hände in den Schoß zu betten. Hans war mit jedem Morgen munter, noch ehe die Sonne über die Berge lugte, und niemals beendete er sein Tagwerk, bevor ihn nicht die sinkende Dämmerung zur Ruhe zwang. Man sah ihn bei keiner Lustbarkeit, sah ihn an keinem Sonntag im Wirtshaus. Während die anderen Burschen am Sonntag nachmittags auf der Kegelbahn zechten und tüchtig »aufrebellten«, machte Hans mit dem Vater einen Spaziergang durch Wiesen und Felder, und wenn sie davon nach Hause kamen, ging die Mutter Kreiterin mit dem großen Steinkrug um Bier, und dann saßen die drei zusammen bis in den späten Abend auf der Hausbank und hielten Heimgarten unter sich und mit den Nachbarn, die sich gerne einstellten, um den Hans von der Stadt und den Soldaten erzählen zu hören. Da kam besonders häufig der alte Kirchbauer, und wenn er dem Hans die schwielige Rechte hinbot, pflegte er statt eines Grußes etwa zu sagen: »Hansl, ich sag' dir's – die ganze Wochen hab' ich dir wieder zug'schaut –, du g'fallst mir! Mit so ei'm Buben is ein Vater aufg'richt'!« Auch der Franzl sprach zuweilen vor; der spielte aber immer den Gekränkten und warf es dem Freunde in langen Worten vor, daß Hans in all diesen Tagen weder Lust noch Zeit gefunden, einen Fuß über die Schwelle des Nachbarhauses zu setzen. Lächelnd entschuldigte sich Hans solchen Vorwürfen gegenüber mit der endlosen Arbeit unter der Woche und mit der begreiflichen Müdigkeit am Sonntag; dabei schaute er dem Franzl wohl über die Schulter hinweg, und recht häufig geschah es, daß er dann hinter einem Fenster des Kirchbauernhofes ein finsteres Mädchengesicht gewahren konnte.

Weiß Gott, es war ein recht finsteres Gesicht, das die Rosl in all diesen Tagen zeigte. Und an dieser üblen Laune war Hans doch sicher nicht schuld; denn an Werktagen führten ihn seine Wege niemals mit Rosl zusammen, und wenn er ihr am Sonntag auf dem Kirchgang begegnete, grüßte er so freundlich wie nur irgendeiner: »Guten Morgen, Rosl – gelt? – heut macht's aber woltern ein' schönen Tag?« Dabei pflegte er den Hut mit einem Respekte zu ziehen, mit welchem selbst die anmaßendste Pfarrersköchin sich hätte zufriedengeben können.

Sogar am Hochzeitstag ihres Bruders zeigte Rosl dieses finstere, verdrossene Gesicht. Sie saß beim Brautmahl – der Kirchbauer selber sagte: wie eine »an-g'malne Türkin« und schüttelte den Kopf über die »vertauschte Gretl«. Ihre Laune wurde auch nicht besser, als nach dem Mahl die Tanzmusik mit Schmettern und Klingen die Fenster zittern machte. Und es fehlte ihr doch nicht an Tänzern; sie wurde vielmehr von tanzlustigen Burschen ohne Unterlaß umdrängt, so daß sie den Kreiterhans wohl hätte mangeln können, der sich in beschaulicher Ruhe mit Krug und Pfeife unterhielt, als hätte ihm der Doktor das Tanzen verboten. Nur manchmal erhob sich Hans, setzte sich zu einem der Gäste und plauschte eine Weile mit ihm. Besonders lange hatte er mit dem Schreinermuckl zu verhandeln; und es mußte auch irgendeine wichtige Sache sein, welche die beiden zu besprechen hatten, denn sie steckten die Köpfe dicht zusammen und tuschelten so leise miteinander, daß Rosl kein Wörtlein vernehmen konnte, sosehr sie auch im Vorübergehen immer die Ohren spitzte.

Das war nun allerdings keine Aufführung, wie sie zu einer lustigen Hochzeit paßte. Man konnte es also der Rosl mit dem besten Willen nicht verargen, wenn sie schließlich den beiden Heimlichtuern mit dem Ellenbogen zwischen die Köpfe fuhr und dazu den Kreiterhans mit einem recht spitzig klingenden Gelächter fragte: »No, du, was is denn mit dir? Mir scheint, dir sind in der Stadt drin die Füß' eing'rostet?«

»So? Meinst?« lächelte Hans. »Da muß ich ja gleich

probieren, ob ich 's Marschieren noch vermach'!« Mit diesen Worten erhob er sich, leerte seinen Krug und stapfte in den Tanzsaal hinaus.

Mit dunkelrotem Gesichte schaute Rosl ihm nach und überhörte es fast, daß der Schreinermuckl den nächsten Tanz von ihr haben wollte. Als sie aber mit dem Burschen nur erst ins Reden kam, da war es ihre nächste Frage, was er denn mit Hans so Wichtiges »abzukarteln« hätte.

»Ah mein – weißt – um ein' Handel is's 'gangen, ja, wegen unserer Wiesen drunten am Bach. Die hätt' er schon lang gern g'habt, der alte Kreiter, und da hab' ich halt jetzt dem Hans versprochen, daß ich bei mei'm Vater ein gut's Wörtl einleg'.«

Während der Schreinermuckl der Rosl das erklärte, hatte Hans im Tanzsaal draußen einen vierschrötigen Burschen aufgegriffen, dem vor Tanz und Trunk das Gesicht in feuriger Röte glühte.

»Du, Nazi, geh, sag mir amal, ob ich dich 'leicht mit was beleidigt hab', weil du mir den ganzen Tag schon so ausweichst?«

»Du? Mich? Und beleidigt? Und ausweichen? Ich? Dir? Gar kein' Red' net!« pustete der Müllernaz unter dem Taschentuch hervor, mit dem er sich den Schweiß von Stirn und Backen wischte.

»No also, nachher bin ich schon z'frieden«, lächelte Hans. »Wär' mir recht unlieb g'wesen, wenn du was g'habt hätt'st gegen mich, wo ich dir alleweil so ein guter Freund war.«

»No freilich, freilich ...« stotterte Naz und verdrehte

die Augen, als wär' es ihm in der Nähe des »guten Freundes« nicht sonderlich geheuer.

»Hast schon recht fleißig 'tanzt?«

»Ja, ja – grad nobel.«

»Man sieht's dir aber auch an. Es lauft ja 's Wasser über dich runter wie über 's Mühlwehr.«

»Hat ja ein' damische Hitz' daherin! Schier zum Verschmelzen.«

»So komm, gehn wir halt ein bißl in die Wirtsstuben 'nunter, da is kühler und da trinken wir ein' Maß miteinander.«

Dieser Vorschlag schien den Beifall des Müllernazi nicht zu finden. Hans aber fragte nicht mehr lange, er packte den Burschen am Arm und zog ihn hinter sich her zum Tanzsaal hinaus.

Im gleichen Augenblick kam Rosl mit ihrem Tänzer aus dem Mahlzimmer. Ein jähes Erblassen flog über ihre Wangen, als sie jene beiden in so verdächtigem Zusammenhang gegen die Treppe stolpern sah.

»Du – da schau«, stammelte sie, »was wird er denn jetzt haben – der Hans – mit'm Nazi?«

»Was werden s' denn haben? Nix!« brummte der Schreinermuckl. »Z' heiß wird's ihnen halt sein heroben, und so werden s' halt 'nuntergehn in die kühle Stuben.«

»Es is aber auch heroben wie in ei'm Backofen.«

»No, wir könnten ja nachher auch auf ein Krügel 'nuntergehn.«

»Ja, ja, geh, komm«, drängte Rosl und steuerte schon der Tür zu.

Der Muckl aber haschte sie bei den Röcken und lachte: »Oho! Pressiert's denn gar so arg? Z'erst reißen wir noch unseren Landler runter!« Und da gerade die Tanzmusik einsetzte, schlang er den Arm um die Dirne und wirbelte sie hinein in den staubenden Kreis.

Inzwischen saßen Hans und Nazi schon drunten im »Herrenstüberl«, in einem engen Verschlag, der nur durch eine dünne Bretterwand von der eigentlichen Wirtsstube getrennt war. Natürlich stand der Maßkrug vor ihnen, und etwas ganz Natürliches war es auch, wovon sie redeten. Wovon sollte man auch auf einer Hochzeit reden, wenn nicht vom Heiraten? Und daß der Müllernaz schon längst in den »richtigen Jahren« wäre, das gab er dem Hans auch gerne zu, aber – »'s Finden is halt so schwer, 's Finden« meinte er.

Staunend lachte ihm Hans ins Gesicht. »Was? Ein Bursch wie du? Und kein richtiges Deandl finden? Das geht mir schier net ein! Wie wär's denn mit der Brandtnerleni?«

Nazi schüttelte den Kopf und machte ein saures Gesicht, denn er erinnerte sich der handgreiflichen Abfertigung, die ihm Leni vor einigen Jahren auf der Altlacher Kirchweih versetzt hatte.

Wieder nannte Hans einen Namen, und wieder schüttelte Nazi mit säuerlicher Miene den Kopf. So ging es weiter, Name um Name kam aufs Tapet, Nazi erledigte jeden Vorschlag mit einem kurzen Nein oder einer langatmigen Widerlegung, und dabei merkte er nicht, wie Hans von Namen zu Namen immer aufmerksamer gegen die halboffene Tür lauschte.

Jetzt hörte man Schritte in der Wirtsstube draußen. »So, setz dich nur da rein – und: Kellnerin! eine Maß!« klang die Stimme des Schreinermuckl, und zugleich erzitterte die dünne Holzwand, als hätte sich jemand von außen mit dem Rücken dagegengelehnt.

Drin im Herrenstüberl aber meinte Hans mit gehobener Stimme: »Dir is ein schwer's Raten, das muß ich sagen! Aber halt – jetzt fallt mir eine ein, die taugt dir g'wiß – die Schwester vom Bräutigam droben – die Kirchbauernrosl?«

Nazi machte einen schiefen Kopf und schielte seinen Ratgeber mit zwinkernden Augen von der Seite an. Er mochte wohl seine Gründe haben, weshalb ihm dieser Vorschlag nicht ganz geheuer dünkte. Den Hans hinwieder mochte es ganz besonders reizen, sich beim Nazi einen Kuppelpelz zu verdienen, denn er begann das Lob der Rosl in so warmen Worten zu singen, daß nicht nur dem Müllernaz die Augen und Backen zu brennen begannen, sondern daß auch einer stillen Lauscherin in der Stube draußen die Wangen glühten und unter ihrem Mieder das Herz wie ein Hammer schlug.

»Ja, du – so ein Deandel is die Rosl! Und jetzt red!«

Der Nazi zog die Stirn in Falten, kraute sich die Ohren und knurrte: »Ja – weißt – die Sach' is halt so – ich mein' allweil, es is dir net ernst mit dei'm Rat – ich glaub', du haltst mich für ein' Narren?«

»Was? Ja wieso denn?«

»No mei, mir is halt allweil g'wesen, wie wenn dir selber an der Rosl was g'legen wär', ehvor du zu die Soldaten kommen bist.«

»Da hast net so unrecht! Aber das is ein' alte G'schicht' – und daß ich dir's einb'steh' – die Rosl selber hat mir drüberwegg'holfen. Denn wie ich in Urlaub heimkommen bin – du – wie mich das Deandel da behandelt hat – das kann ich dir fein gar net sagen. Weißt, und z'letzt is's auf'kommen, daß ihr einer die schlechtesten Sachen von mir verzählt hat – so einer von Lenggries drüben, so ein Haderlump!«

»Geh – einer von Lenggries? – geh!« stotterte Nazi und atmete erleichtert auf!

»Ja, von Lenggries! Aber jetzt sag amal selber – du bist ja zwei Jahr' lang mit mir in der gleichen Kasern' g'wesen – sag amal auf dein Gewissen hin, ob ich mich grad ein einzigsmal so aufg'führt hab', daß mir einer bloß ums Nagelschwarze was Schlecht's hätt' nachsagen können?«

»Ah – Gott bewahr' – wie kann man denn dir was nachsagen?«

»No also – schau – und da kommt jetzt so einer daher und redt mir die schlechtesten Sachen nach: daß ich als Soldat ein' Straf' um die ander' kriegt hätt' und – und ...«

Es waren in der Tat gar böse Dinge, welche Hans nun an den Fingern herzählte.

»Ah, ah, ah«, das war das einzige Wort, mit welchem der Müllernaz' dieses Register zu begleiten wußte, »is ja alles net wahr, is ja alles verlogen!« Unter diesen Beteuerungen blies er die Backen auf und wischte immer wieder das Tuch über die Stirn, auf der ihm der Schweiß in dicken Tropfen stand.

»Ja, Nazi, so falsch und verlogen is das alles, wie – wie – ich kann dir gar net sagen, wie!« Mit einem ungestümen Ruck schob sich Hans hinter dem Tisch hervor, stand hochaufgerichtet, und man sah es der Haltung seines Kopfes und seinen Augen an, daß er hinaus in die Stube lauschte, während er mit einer Stimme von eigenartig erregtem Klang vor sich nieder sprach: »Und grad so hätt' ich auch kein Wort net dafür, wenn ich dir sagen sollt', wie's mir selbigsmal bei der Rosl g'wesen is – – aber lassen wir's gehn! Ich hab' mir natürlich denken müssen, wer solchene Sachen glauben kann von mir, der mag mich net und hat mich nie net mögen! Aber no – mag's mir jetzt im Herzen auch sein, wie's will – morgen muß ich ja wieder zur Militari fort, und bis ich heimkomm' übers Jahr, wird sich die Rosl schon ein' ausg'sucht haben – ein' recht ein' Braven – 'leicht gar denselbigen aus ›Lenggries‹!«

Die Wendung, welche die Worte des Kreiterhans genommen, war nun allerdings eine so sonderbare und unerwartete, daß man es dem Müllernazi nicht verargen konnte, wenn er vor Staunen und Studieren Mund und Augen aufriß.

Das Gesicht, das der Nazi machte, war ein gar so urdummes, daß Hans mit dem besten Willen seinen Ernst nicht bewahren konnte. Um das Lachen zu verbergen, das er nur mit aller Gewalt noch verhielt, wandte er sich hastig ab, stieß mit dem Fuß die Tür vor sich auf, und ohne einen Blick nach links oder rechts zu werfen, schritt er quer durch die Wirtsstube in den Flur hinaus. Da hörte er hinter sich einen Stuhl fallen, hörte flüchtige

Tritte, und bevor er noch die Haustür erreichte, fühlte er den zitternden Druck einer Hand auf seinem Arm.

Rosl stand vor ihm. Ihr Gesicht war blaß, ihre Lippen zuckten, und an den Wimpern ihrer flehenden, angstvollen Augen hingen zwei schimmernde Perlen. Die Silbermünzen ihres Mieders schlugen klirrend aneinander, und der Wellengang des seidenen Fürstecktuches deutete auf Sturm in Rosls Herzen.

»Aber – aber Hans – du wirst doch net schon heimgehen wollen!«

»Ja, weswegen denn net? Was hätt' ich denn noch zu suchen da?«

Trostlos starrte sie ihn an, und dabei bewegten sich wortlos ihre Lippen. Hans aber lächelte sie nur immer an, und es war ein verheißungsvolles Leuchten, das in seinen Augen erwachte.

Endlich wieder fand Rosl die Sprache. »Aber – willst denn jetzt gar net amal mit mir tanzen? Gar net ein einzigsmal?« Da fielen ihr plötzlich jene zwei Perlen über die Wangen, und andere rollten nach. »Schau – schau, Hansl – wann ich dich doch selber drum anreden tu?«

Sie hatte noch nicht ausgesprochen, da hielt er sie schon mit engem Arm an die Brust gedrückt und flüsterte ihr mit heißer Zärtlichkeit ins Ohr: »O mei, Rosl, selber wann mich drum anreden tust, da *muß* ich ja, und wann ich auch hundertmal net möcht'! Aber – ich *mag* ja auch, Rosl, ich mag ja – und wie!«

Er schleuderte den Hut gegen die Decke, und wie ein Glockenton hallte sein Juhschrei durch alle Räume des weiten, lärmerfüllten Hauses.

Dann eilten sie die Treppe hinauf und versanken im Strudel der Tanzenden. Und während sie sich von den dichtgedrängten Paaren aus einer Ecke in die andere stoßen ließen, hingen sie mit den Augen aneinander, und das war ein Wispern und Flüstern ohne Ende.

Als dann die Tanzmusik verstummte, gingen sie in das Mahlzimmer, und Hans bestellte süßen Wein, den sie gemeinsam aus *einem* Glase tranken. Dazu plauschten und lachten sie, daß der Kirchbauer ein ums andere Mal den Kopf schüttelte und sagte: »Jetzt schau mir nur einer das Deandl an – wie die der Hamur jetzt anpackt hat! Eine ganze Kamödi lacht aus ihrem G'sicht!«

Wurde Rosl von einem Tänzer geholt, so setzte sich Hans zum Kirchbauer oder zur Bäuerin und plauderte mit ihnen »verstandsam« von der »Bauernsach'«, damit die alten Leute erkennen möchten, wie gut er in aller Arbeit bewandert wäre.

Kam Rosl aus dem Tanzsaal zurück, dann saßen die beiden wieder beisammen, und wieder begann das Nippen aus dem *einen* Glase, das Kichern und Flüstern. Im Übermut ihrer glückseligen Laune kniff Rosl einmal den Hans in den Arm, und dazu schmollte sie ihn an: »Wie hast denn aber auch 's Herz haben können, daß du mich zappeln laßt acht lange, harbe Wochen? Weswegen hast denn net in der ersten Stund' gleich g'redt

Dann eilten sie die Treppe hinauf und versanken im Strudel der Tanzenden.

und hast mir g'sagt, daß alles verlogen is, was dir der Nazi nachg'redt hat?«

»Warum? In der ersten Stund', da hat's mich z' arg verdrossen und ich hätt' kein Wörtl nimmer über d' Lippen 'bracht. Aber schon in der ersten Nacht, wie ich net schlafen hab' können, da hab' ich mir denkt: gern haben muß dich 's Deandl ja dengerst, schon ihrem ganzen Reden nach –«

»No, jetzt das is doch g'wiß!«

»Ja, schau, und da is die Ruh' über mich 'kommen. Aber ich hab' mir denkt, z'erst muß ich dir durch mein' Aufführung zeigen, daß ich ein Mensch bin, den man haben kann. Und mit'm Müllernaz – so hab' ich mir denkt – da muß ich mir amal die rechte G'legenheit aussuchen, wo ich ihn einzwick', daß er mir g'wiß nimmer auskann; – denn wenn ich bloß sag', er hat g'logen, so redt er wieder weiter, und es bleibt doch ein Klampferl an mir hängen, ich mag mich wehren, wie ich will. Es is ja schon so: wie mehr als nach ei'm Hund Steiner wirfst, so mehr bellt er – gleich richtig beim Kragen muß ich ihn erwischen und fest zudrucken, daß er kein' Muckser mehr außibringt – ja, Deandl – schau – ung'fähr auf eine solchene Art –«

Blitzschnell hatte Hans beobachtet, daß der Kirchbauer und die Bäuerin in ein eifriges Gespräch mit dem hochwürdigen Herrn Pfarrer verwickelt waren – und da schlang er den Arm um Rosls Hals, zog ihr erglühendes Gesicht mit flinkem Griff an sich und »druckte zu«, daß Rosl mit dem besten Willen keinen »Muckser« mehr hätte tun können.

Fünf Tage waren vergangen, seitdem der Kirchbauerfranzl in der Jachenau seine Hochzeit gehalten – seit vier Tagen also stand Johannes Kreiter wieder beim Regimente, um sein letztes Jährlein abzudienen. Seine Kameraden machten große Augen zu dem sonderbaren Kopf, den Hans umhertrug.

Zu Mittag des fünften Tages nun geschah etwas, das die ganze Schwadron in Aufregung versetzte – Johannes Kreiter hatte sich zum Rapport gemeldet.

Und nun stand er droben in der Kanzlei vor dem Rittmeister in strammer Achtungstellung.

Mit prüfenden Blicken betrachtete ihn der Offizier. »Also – Sie haben sich zum Rapport gemeldet?«

»Zu Befehl, Herr Rittmeister!«

»Über wen haben Sie sich zu beschweren?«

»Über mich selber –«

Der Rittmeister horchte auf und zog die Brauen in die Höhe, während Hans mit stotternder Stimme weiterhaspelte: »Ja – und vier Tag' hat's mich jetzt schon 'druckt – und drum muß ich's sagen, weil ich sonst dem Herrn Rittmeister gar nimmer in die Augen schauen könnt'! Denn wie ich selbigsmal in Urlaub dürfen hab', da hat mir der Herr Rittmeister eigens noch g'sagt, daß ich ganz b'sonders mich ordentlich aufführen sollt' – und – jetzt hab' ich halt dengerst drauf vergessen – ja – und in der letzten Nacht noch, da hat's ein' Händel 'geben, und da hab' ich ein' recht durchg'haut, so ein' –«

Zur rechten Zeit noch verschluckte Hans das Wort, das ihm auf der Zunge gelegen. Dem Rittmeister schien das Lachen näher zu sein als das Zürnen. Dennoch aber furchte er die Stirn und herrschte den Soldaten an: »Erzählen Sie! Wie ist das zugegangen?«

Und Hans erzählte, erzählte alles, vom ersten Urlaubstage bis zum Tage jener Hochzeit. »Und schauen S', Herr Rittmeister«, schloß er endlich, »wie nachher der Kirchbauer in der Nacht mit seiner Bäuerin und mit der Rosl heim'gangen is, da hab' ich freilich mein' g'hörigen Abschied vom Deandl schon g'nommen g'habt – aber mei, ein Jahr is halt lang – und zweimal 'bunden, hab' ich mir denkt, halt' besser –, und so hab' ich mich ein bißl spater zur Rosl ans Kammerfenster g'schlichen – aber wie ich mich im Garten rumbieg' ums Hauseck, da hör' ich schon mei'm Deandl sein' zornige Stimm', und zwischen'nein hör' ich den Nazi reden – der hat an ihr Fenster klopft, und 's Deandl natürlich meint, ich bin's, und macht auf – und der ander fangt 's Plauschen an und verschwört sich heilig, 's Deandel sollt' sich nur grad mit mir net einlassen, weil alles wahr wär', was er ihr von mir g'sagt hat, und er könnt's beweisen, und er hätt' bloß im Wirtshaus kein' Streit mit mir anfangen wollen; 's Deandl hat's ihm aber hing'sagt, daß ihm 's Lugen vergangen is, und nachher hat sie 's Fenster zug'schlagen, daß die Scheiben nur grad so g'scheppert haben. Ich aber hab' den Nazi an mir vorbeilassen, und draußen auf der Straßen hab' ich ihm d' Hand auf d' Achsel g'legt – ein Wort hat 's ander' 'geben – und du lieber Himmel – schau'n S', Herr Rittmeister – da is mir z'letzt nix anders übrig'blieben – ich hab' ihn halt beim Krawattl 'packt und hab' ihm sein' Kittel aus'klopft, daß der Staub aufg'flogen is! Und – und Sie,

Herr Rittmeister, Sie sind mir halt erst wieder eing'fallen, wie der Nazi seine Prügel schon g'habt hat!«

Der Rittmeister lachte, daß ihm der Schnurrbart zitterte. »Ich will Ihnen etwas sagen, Kreiter! Die Geschichte gefällt mir, und ich hätt' es an Ihrer Stelle wohl ebenso gemacht. Und so will ich mir denken, daß Sie mir das alles nicht im Rapporte, sondern privat erzählt haben. Aberrrrr – sollte ich von irgendwelcher Seite eine dienstliche Meldung erhalten, so kann ich Ihnen nicht helfen – Sie wissen, was ich Ihnen versprochen habe!«

Kaum hatte der Rittmeister ausgeredet, als eine Ordonnanz die Post des Tages brachte. Mit seltsamen Augen betrachtete der Rittmeister ein Schreiben, das den Poststempel »Tölz« und ein gerichtliches Siegel trug. Er öffnete, las – und schaute lächelnd auf: »Johannes Kreiter! Melden Sie sich beim Wachtmeister auf Ihre vierzehn Tage!«

»Zu Befehl, Herr Rittmeister!«

Rechtsum kehrt – die Sporen klirrten im Anschlag der Fersen – und mit fröhlichem Gesicht marschierte Hans zur Tür hinaus.

Draußen ließ er den Pallasch auf die Steinplatten rasseln, schnalzte mit Zunge und Fingern und kicherte: »Jetzt kann ich grad vierzehn Tag' in ei'mfort an mein' Rosl denken!«

Wenn die Blätter fallen …

Sie stand vor dem Spiegel, fertig angekleidet zum Spaziergang, das Hütchen über dem braunen, welligen Haar. Aber sie konnte sich von dem Glas nicht trennen, sie schien noch immer nicht zufrieden mit dem Bild, das ihr entgegenblickte; mit zitternden Fingern nestelte sie an den Falten des Kleides, an der Halsschleife und an den Hutbändern. Endlich ließ sie, tief atmend, die Arme sinken, und so stand sie, das Antlitz immer mehr dem Spiegel nähernd, und betrachtete mit ängstlich prüfendem Blick ihre Züge. Es war ein feines, schmales Gesicht, nicht unschön, aber die Jahre hatten den Hauch und die Frische der Jugend schon hinweggestreift. Ein Mädchenantlitz – und dennoch das Gesicht einer wohl noch jungen, aber in hartem Leben früh gereiften Frau. Die Augen ernst, die Lippen schmal, zwischen den Brauen und an den Mundwinkeln dünne Schattenlinien, wie Keime entstehender Furchen. Doch auf den Wangen eine brennende Röte – die verräterische Farbe der Erregung, welche in ihrem Herzen bebte und zitterte … Eine Uhr schlug die zehnte Morgenstunde mit hellen, hastigen Schlägen.

Erschrocken fuhr das Mädchen auf, streifte, wie aus einem Traum erwachend, die Hand über die Stirn, öffnete die Tür des anstoßenden Gemaches und rief mit ungeduldigen, fast heftig klingenden Worten hinein: »Nelly? Aber, Nelly! Bist du denn noch immer nicht fertig?«

»Gleich, Marianne!« klang eine jugendlich frische Stimme zurück. »Nur noch den Hut! Und die Handschuhe!«

Marianne schloß die Tür und ging zum Fenster. Kaum hatte sie einen Blick auf die Dorfstraße hinausgeworfen, als sie heiß errötend zurücktrat. Die Hände auf das pochende Herz gedrückt, stand sie hinter der weißen Spitzengardine und spähte hinaus, mit schwimmendem Glanz in den Augen.

Draußen ging ein junger Mann vorüber; er trug ein Buch in der Hand und musterte mit suchendem Blick die Fenster der Villa. Immer langsamer wurde sein Schritt. An der Biegung der Straße blieb er, zurückblikkend, eine Weile stehen; dann verschwand er hinter den Bäumen, deren Laub schon zu welken begann.

Marianne sank auf einen Stuhl und schlug die Hände vor das Gesicht. Ihr ganzer Körper zitterte, als möchte sie schluchzen, laut aufschreien. Als sie ruhiger wurde, hielt sie die verschlungenen Hände im Schoß und blickte mit feuchten Augen ins Leere. Dieser Blick war wie ein flehendes Gebet, daß diese einzige, dürstende Hoffnung ihres Herzens sich doch erfüllen möchte – diese erste und letzte ihres Lebens!

In all diesen vergangenen Jahren hatte sie nur immer

gegeben und gegeben. Sollte sie denn niemals nehmen dürfen? Immer und immer hatte sie nur gesorgt für das Glück der anderen. Sollte nicht einmal auch die Stunde ihres eigenen Glückes schlagen? Hatte sie nicht ein Anrecht erworben auf Lohn und Dank nach allen Opfern, die sie gebracht?

Wie jung und schön war sie gewesen! Damals, als die Mutter plötzlich starb! Ach, dieses Unglück! Der Vater in Jammer und ratloser Verzweiflung! Die mutterlos gewordenen Kinder! Wie eine Heldin war Marianne ihres Schmerzes Herr geworden und hatte, ein sechzehnjähriges Sorgenmütterchen, die Führung der Wirtschaft und die Obhut über die jüngeren Geschwister übernommen. Sie sparte, sorgte und arbeitete, unermüdlich, Tag und Nacht. Während ihre einstigen Freundinnen alle Freuden der Jugend genossen, das Theater und alle Bälle besuchten, saß Marianne daheim, flickte und strickte, knauserte und rechnete, sorgte für den Vater und erzog die Geschwister. Die Jahre vergingen, und sie merkte es nicht. Aus den Knaben wurden Gymnasiasten und Universitätsstudenten, Nelly wuchs aus dem kurzen Kleidchen heraus – nur Marianne blieb sich immer gleich in Arbeit und Sorge. Endlich kamen bessere Zeiten, die Verhältnisse des Vaters gestalteten sich günstig, und die letzte Sorge schwand.

In diesem Sommer waren sie das erste Mal aufs Land gezogen. Der Vater hatte eine kleine, freundliche Villa gemietet, welche von einem sauber gepflegten Gärtchen umschlossen war. Dicht am Straßenzaun stand eine schattige Laube; hier saß Marianna am liebsten. Wie wohl ihr die Ruhe tat! Freilich, ihre Hände konnten nicht rasten. Immer war sie mit einer Stickerei oder einer Näharbeit beschäftigt. Dabei machte es ihr Vergnügen, das Leben auf der Straße zu beobachten. Abgesehen von dem Spaziergang, den sie mit Nelly an jedem Vormittag in den nahen Wald unternahm, verließ sie niemals das Haus. Sie besuchte keine Unterhaltung, keine Gesellschaft, sie lernte niemand kennen – und dennoch kannte sie alle Sommergäste des Dorfes: vom Sehen auf der Straße. Besonders einen! Es war ihr aufgefallen, daß er häufiger an der Villa vorüberging als andere. Ihre Augen begegneten seinem Blick, der in die Laube spähte oder suchend über die Fenster glitt. Blieb er zur gewohnten Stunde einmal aus, dann vermißte sie ihn, und ihre Gedanken begannen sich mit ihm zu beschäftigen. Allerlei Fragen tauchten in ihr auf: wie er wohl heißen, welchem Beruf er wohl angehören möchte? Und bei solchen Gedanken stand er oft plötzlich vor ihr, wie aus der Luft getreten, mit seiner schlanken Gestalt und seinem freundlichen Gesicht …

Als sie ihn drei Tage nicht sah, wurde sie ernstlich besorgt. Er war doch wohl nicht krank geworden? Aber nein – als sie am vierten Morgen mit Nelly im Wald spazierenging, sah sie ihn unerwartet zwischen den Bäumen hervortreten. Eine dunkle Röte überflog ihr schmales Gesicht. Und von dieser Stunde an war eine so seltsame Unruhe in ihr, daß der Vater und Nelly häufig fragten: »Was hast du, Marianne? Fehlt dir etwas?« Sie schüttelte den Kopf und lächelte …

Und nun gestern! Sie war in der Stadt gewesen, um verschiedene Einkäufe zu besorgen. Spät am Abend fuhr sie zurück nach der Villa. Knapp vor dem Abgang des Zuges betrat noch ein Passagier das Coupé. Er! Als er sie gewahrte, schien er freudig betroffen; einen Augenblick zögerte er, dann nahm er höflich grüßend den Platz ihr gegenüber ein. Eines der Päckchen, die sie auf dem Schoße hielt, glitt zu Boden – so zitterten ihr die Hände. Er hob es auf und begann ein Gespräch, nachdem er sich vorgestellt hatte: »Franz Günther, Architekt.« Anfangs wollten ihr die Worte nicht fließen, sie sprach stockend, verlegen; aber er plauderte so nett, daß sie bald mutiger wurde. Am Ende sprachen und lachten sie miteinander wie gute Bekannte. Von allen möglichen Dingen redeten sie; sehr viel von Mariannes Vater und am meisten von Nelly, die er ja auch vom Sehen kannte. Dann sprach er von einem neuen Roman, den er in den letzten Tagen mit großem Genuß gelesen. Sie kannte das Buch nicht, und da fragte er: »Darf ich es Ihnen bringen, morgen, wenn Sie mit Fräulein Nelly Ihren Spaziergang in den Wald machen?«

Sie suchte nach einer Antwort. Im gleichen Augenblick hielt der Zug. Als sie durch das Fenster einen Blick hinauswarf in den dämmernden Herbstabend, gewahrte sie, daß ein leichter Regen fiel. Bei all dem Geplauder hatte sie den Beginn des Regens völlig übersehen. Nun hatte sie die vielen Päcklein zu tragen und war ohne Schirm! Er trug ihr seine Hilfe und Begleitung an, aber sie stammelte einen kurzen, hastigen Dank und eilte davon.

Die kalten Tropfen schlugen ihr ins heiße Gesicht, und rings um ihre Füße, auf der nassen, dunklen Straße, trieb der Herbstwind raschelnd die welken Blätter.

Zu Hause war sie so seltsam, daß der Vater besorgt wurde. Nur um sich vor den quälenden Fragen zu retten, ging sie früher als sonst zur Ruhe. Aber bis spät in die Nacht hinein schloß sie kein Auge.

Und jetzt, nach allem Sturm dieser Nacht – in ihrem Herzen nicht anders als draußen unter dem finsteren Himmel –, jetzt dieser schöne, sonnige Morgen!

»Komm, Marianne, ich bin fertig!«

Beim Klang dieser Stimme schaute sie mit verlorenen Blicken auf. Die Schwester stand vor ihr in jugendlicher Schönheit und rosiger Frische. Bei diesem Anblick ging es durch Mariannens Seele wie ein zuckender Schmerz – was es war, das wußte sie nicht –, sie fühlte nur, daß ein Tropfen Bitternis in ihre hoffende Freude gefallen.

Nelly sah mit überraschten Augen die Schwester an und klatschte staunend die Hände ineinander: »Marianne, nein, wie schön du dich heute gemacht hast! Und wie hübsch du aussiehst! So hab' ich dich ja noch nie gesehen! Als wärst du um zehn Jahre jünger geworden!« Lachend wollte sie die Schwester umarmen.

Aber Marianne wehrte sie von sich ab und sagte mit schwankender Stimme: »Komm!«

Sie hatten bis zum Wald nur einen kurzen Weg.

Schon unter den ersten Bäumen trat ihnen Herr Günther entgegen; er grüßte und reichte Marianne das mitgebrachte Buch; dabei war sie so verlegen, daß sie vergaß, ihre Schwester vorzustellen. Herr Günther mußte sich selbst mit Nelly bekannt machen, und er tat es mit so fröhlichem Eifer, daß ihn Marianne mit großen, fast erschrockenen Augen betrachtete. Und doch war es ihr wieder lieb, daß er nun plaudernd an Nellys Seite ging; da hatte sie Zeit, um ihre Verwirrung und Bewegung zu überwinden.

Aber die stumme Pause, welche sie neben diesem plauderlustigen, lachenden Duett zu halten hatte, dauerte gar zu lange – und ihre Erregung steigerte sich nur, statt sich zu verlieren. Ihre schmalen Lippen zuckten, und immer ängstlicher wurden die Blicke, mit denen sie bald Herrn Günther streifte, bald ihre Schwester – die beiden schienen alles um sich her vergessen zu haben.

Endlich fragte Nelly: »Aber, Marianne, warum bist du nur so still?«

Sie zuckte die Schultern und antwortete mit gezwungenem Lächeln: »Wir können doch nicht alle beide zugleich reden. Plaudere nur du!«

Sie kamen zu einer Bank und ließen sich nieder; Nelly, welche zwischen Marianne und Herrn Günther Platz genommen, streckte die kleinen Füßchen, tändelte mit dem Sonnenschirm und schaute lachenden Auges hinein in den farbig leuchtenden Wald. Goldig spielte die Sonne in allem Gezweig, glitzernde Fäden waren zwischen allen Ästen gesponnen, und die gelben und roten Blätter, welche lautlos niederflatterten, waren im Glanz der Sonne anzusehen wie tanzende, langsam sinkende Flämmlein.

»Ist das nicht herrlich?« lachte Nelly. Und nach einer stummen Weile sagte sie: »Mir kommt es vor, als hätte sich der Wald eigens recht schön gemacht für diesen schönen Tag.«

»Vielleicht, weil es der letzte ist?« meinte Herr Günther lächelnd. »Die Natur des Herbstes ist wie eine alternde Frau, welche fühlt, daß auch ihre letzte Schönheit über kurz oder lang vergehen muß, und die sich deshalb aufputzt mit allen Farben. Solch ein bunter Herbsttag hat gewiß seine Reize, aber die rechte, herzenswarme Freude an der Natur weckt in uns doch nur der junge, blühende Frühling.«

Mariannens Züge waren starr und blaß geworden; abgewandten Gesichtes erhob sie sich, und hastig, als wollte sie eine Blume pflücken, die ihr Blick entdeckte, schritt sie in den leuchtenden Wald hinein. Sie bückte sich auch – aber es war nur ein welkes Blatt, das sie von der Erde hob. Immer tiefer schritt sie in den Wald, so weit, bis sie nicht mehr hören konnte, was die beiden sprachen auf der Bank ...

Schwere Tropfen rannen über ihre blassen, zitternden Wangen. Unter jedem ihrer Schritte raschelte das dürre Laub, die glitzernden Fäden verfingen sich in ihrem Haar, an ihren Armen und in den Falten ihres Kleides, und wo sie ging und stand, überall flatterten die welken Blätter auf sie nieder in lautlosem Fall ...